Raimund Eich

# Auf die Seite gebracht

AF194139

Raimund Eich, Jahrgang 1950, lebt im Saarland.

Neben zwei Tatsachenromanen und Büchern mit heiteren und besinnlichen Gedichten und Geschichten hat er einige Werke veröffentlicht, in denen er sich insbesondere mit gesellschaftlichen und geisteswissenschaftlichen Themen befasst. Hierin lässt er auch naturwissenschaftliche und technische Aspekte in sehr anschaulicher Form mit einfließen. Daraus resultieren einzigartige Bücher, spannend, dramatisch, informativ und unterhaltsam zugleich.

Raimund Eich

# Auf die Seite gebracht

## Gedanken, Geschichten, Erinnerungen

Impressum:

Bibliografische Information der Deutschen Nationalbibliothek:
Die Deutsche Nationalbibliothek verzeichnet diese Publikation in der Deutschen Nationalbibliografie; detaillierte bibliografische Daten sind im Internet über http://dnb.dnb.de abrufbar.

Herstellung und Verlag:
BoD – Books on Demand, Norderstedt
ISBN: 9783751958011

# Inhaltsverzeichnis

# VORWORT

„Die schönsten Geschichten schreibt das Leben selbst", wer von uns kennt dieses Zitat nicht? Ein schöner Spruch, ohne Zweifel, aber nach meinem Dafürhalten ein Unvollständiger, denn das Leben schreibt nun mal nicht nur schöne Geschichten. Es hat für uns leider auch Hässliches, Trauriges und mitunter auch Grausames auf Lager

Doch wann ist eigentlich eine Geschichte schön, fragt man sich, wenn man ein Buch mit möglichst schönen Geschichten schreiben will. Sind es nur heitere und unbeschwerte Stories mit glücklichem Ausgang? Ich glaube nicht, denn zum Leben gehören Licht- und Schattenseiten gleichermaßen.

Ganz gleich, um was es in einer Geschichte geht, ob Weltbewegendes oder Alltägliches, ob Gutes oder Böses, ob mit oder ohne Happy End, eine Geschichte muss die Leser emotional berühren und mitnehmen. Sie sollten beim Lesen die Gefühle nachempfinden, die man als Autor selbst mit den schönsten Formulierungen leider oft nur unzureichend zum Ausdruck bringen kann. Und dann sind es auch schöne Geschichten, selbst wenn sie traurig oder ohne glücklichen Ausgang sein sollten.

Auch den tieferen Sinn zu erkennen, der hinter so mancher Geschichte steckt, kann meiner Meinung nach als schön und bereichernd empfunden werden.

So gesehen wünsche ich Ihnen eine ebenso unterhaltsame wie sinnvolle Lektüre.


Raimund Eich

## DER SCHATZ IM
## SILBERSEE

Meine Sturm- und Drangzeit als edler und tapferer Indianerhäuptling, nicht nur an Fastnacht, sondern das ganze Jahr über beim Spielen in der so genannten Wildnis meiner Heimatstadt, lag eigentlich schon hinter mir, denn in wenigen Tagen würde ich 14 Jahre alt werden. Das kindliche Abenteuerspielen hatten wir Jungs mittlerweile ersetzt durch Straßenfußball, so etwas ging tatsächlich noch in den Nebenstraßen in Neunkirchen Anfang der Sechziger Jahre, und, wie soll ich es sagen, zudem auch mit der Eroberung des weiblichen Geschlechtes. Meine dicksten Freunde Eberhard, Werner und Hans-Jürgen hatten im Gegensatz zu mir schon erste Techtelmechtel und Kusserfolge zu verzeichnen. Ich tröstete mich zwar mit dem Gedanken, dass ich der Jüngste von uns Vieren sei, aber die Zeit drängte, denn das virtuelle Sammeln von Skalps niedergemetzelter Feinde zählte schon lange nicht mehr als Erfolg. Dem Zeitgeist folgend definierten wir diesen zwischenzeitlich über das Toreschießen beim Fußballspielen ... und über das Küssen von Mädchen.

„Der Schatz im Silbersee" schien mir eine willkommene Gelegenheit zu sein, das Angenehme, einen spannenden Abenteuerfilm, mit dem unvermeidlichen ersten Kuss, zu verbinden. Ein Opfer dafür hatte ich bereits im Auge. Elke, deren Oma meiner Mutter zuweilen im Haushalt aushalf, sollte die Auserwählte sein. Also kratzte ich meine bescheidenen Ersparnisse zusammen und lud Elke ein, mit mir in die Nachmittagsvorstellung von „Der Schatz im Silbersee" zu gehen. Von Eberhard hatte ich den todsicheren Tipp, einen Kussangriff möglichst erst dann zu starten, wenn eine romantische Filmszene über die Leinwand flimmerte.

Als wir nachmittags im Eden-Kino auf den sündhaft teuren Sperrsitz-Rängen weiter hinten Platz nahmen, war das Kino fast bis auf den letzten Platz gefüllt. Nach der obligatorischen Wochenschau in Schwarz-Weiß und der Pause vorm Hauptfilm, die mich noch eine Schachtel Eiskonfekt kostete, ging es endlich los. Fieberhaft wartete ich auf eine geeignete Gelegenheit für meinen geplanten Einsatz. Endlich eine mir jedenfalls romantisch genug erscheinende Szene, untermalt von der eindringlichen Filmmusik des Karl-May-Films. Doch als ich gerade dabei war, mich mit zitternden Händen und Angstschweiß auf der Stirn in Richtung meiner Angebeteten zu beugen, peitschten plötzlich Schüsse durch den Saal. Colonel Brinkley und seine Banditen waren dabei, die Farm von Mrs. Butler auf der Suche nach dem fehlenden Teil der Schatzkarte vom Silbersee zu überfallen. Dies konnte ich mir nicht entgehen lassen und stellte daher meinen eigenen Angriff bis auf Weiteres zurück. Allerdings zogen mich Winnetou und Old Shatterhand immer mehr in ihren Bann, sodass ich die Welt um mich herum völlig vergaß, und damit auch Elke. Erst nachdem der Bösewicht Colonel Brinkley in der Höhle am Silbersee mit dem Schatz für immer in der Tiefe versunken war und das Licht im Saal langsam wieder anging, kehrte ich ins irdische Leben zurück. Doch wo war Elke? Jedenfalls saß sie nicht mehr neben mir.

Verzweifelt irrte ich auf der Suche nach ihr an den vielen Zuschauern vorbei, die den Ausgängen zustrebten. Auch vorm Kino keine Spur von ihr. So rannte ich schließlich die steile Straße hinunter, dorthin, wo Elke mit ihrer Oma in einem Hinterhaus wohnte. Hier fand ich sie tatsächlich auch wieder, im dunklen Durchgang zum Hinterhaus ... heftig knutschend mit dem blöden Angeber, der im Kino neben uns gesessen und sie fortwährend angemacht hatte.

## DON CAMILLO, EIN HELD MEINER KINDHEIT

Er war weder jung noch schön und entsprach offen gestanden überhaupt nicht dem klassischen
Bild eines Helden der Kindheit. Aber er war bä-
renstark und ging keinem Streit aus dem Weg.
Das gefiel mir.

Was mich jedoch am meisten an ihm faszinierte,
war, dass er mit dem gekreuzigten Jesus, den er
Herr nannte, in seiner Kirche richtige Zwiege-

spräche führen konnte, und dass der ihn mit seiner unglaublich sanften Stimme stets auf den Pfad der Tugend zurücklenkte, wenn ihn der bullige Bürgermeister Giuseppe Bottazzi alias Peppone und seine kommunistischen Parteigenossen mal wieder auf die Palme gebracht hatten.

Die Rede ist von Don Camillo bzw. von den Spielfilmen „Don Camillo und Peppone", die Anfang der Sechziger Jahre in schwarzweiß über den Bildschirm flimmerten. Gespräche mit dem Herrn im Himmel, bei denen man richtige Antworten bekam, wollte ich auch führen können, und so löste Don Camillo, der Priester in der schwarzen Soutane, schweren Herzens Zorro, meinen ersten Helden der Kindheit, ab, wenn auch nur für kurze Zeit. Ich wollte jedenfalls Priester werden, und da Zorro auch immer schwarz gekleidet war, nahm ich mir vor, später statt des Priestergewandes einfach Zorros schwarzen Umhang und dessen schwarzen Hut zu tragen. Nur auf die schwarze Maske wollte ich freiwillig verzichten.

Aber als mir mein Vater, der diese Entwicklung offenbar mit Skepsis beobachtete, eines Tages erklärte, dass man sich als Priester nicht so einfach über Kleidungsvorschriften hinwegsetzen könne und vor allem auch nicht mit Mädchen herummachen dürfe, ging Don Camillos Stern allmählich bei mir unter und wurde für einige

Zeit durch den edlen und tapferen Apachenhäuptling Winnetou ersetzt.

Irgendwann habe ich ihn allerdings wiederentdeckt, den Don Camillo, als mir zu meinem fünfzigsten Geburtstag alle Filmkassetten mit den alten Don Camillo-Filmen geschenkt wurden. Scitdcm vcrsuchc ich ihm wicdcr nachzucifcrn. In Bezug auf heftige Wortgefechte und Streitereien mit Andersdenkenden funktioniert das auch tadellos. Nur das Zwiegespräch mit dem Herrn Jesu will mir bis auf den heutigen Tag leider nicht gelingen.

# ENDRIK B.

Im April 1966 trat ich meine Lehre als Elektriker bei den Saarbergwerken an. Dabei hatte ich eigentlich keinen blassen Schimmer von Elektrotechnik. Obendrein bestand bei mir leider auch kein besonderes Interesse an Technik wie bei vielen anderen Jungs in meinem Alter, die sich entsprechende Berufe sozusagen als Herzenswunsch ausgesucht hatten. Ich hatte dagegen einen ganz anderen Herzenswunsch, nämlich den, möglichst keinen Beruf ergreifen und nicht jeden Tag arbeiten gehen zu müssen. Aber unser Klassenlehrer in der Realschule hatte etwa ein Jahr vor dem Abschluss begonnen, uns auf das Berufsleben einzustimmen und uns erklärt, der Begriff Beruf sei abgeleitet von dem bedeutungsvollen Wort Berufung. Jeder Mensch würde sich in seinem Leben zu etwas berufen fühlen, mit dem er sein Leben auszufüllen und zu gestalten habe. Wir sollten daher alle mal tief in uns hineinhorchen, dann würde uns unsere innere Stimme schon sagen, zu was wir uns berufen fühlten. Bei manchen könne es auch sein, dass sie sich zu mehr als einem Beruf berufen fühlten. Dann müsse man halt abwägen und sich für einen seiner Traumberufe entscheiden. In der nächsten Woche sollten wir ihm einen Zettel mit unseren Berufswünschen abgeben, die er dann mit uns gemeinsam besprechen wollte. Also horchte ich in mich hinein in der Hoffnung auf eine göttliche Eingebung. Das Einzige, was mir auch ohne innere Stimme schon vorher absolut klar war, dass ich niemals in einem Büro arbeiten wollte und vor allem nicht im Öffentlichen Dienst, denn diesem Verein konnte ich schon damals überhaupt nichts abgewinnen.

Als ob ich es geahnt hätte, bei mir war beim „in mich Hineinhorchen" überhaupt nichts zu hören. Absolut nichts. Nein, nicht ganz, etwas in mir sagte mir zwar kaum hörbar, aber dafür umso deutlicher: „Lass bloß die Finger weg von Beruf und Arbeit, das bringt dir nur jahrzehntelange Mühe und Ärger." Seither weiß ich, dass unser Verstand nichts im Vergleich zu unserer inneren Stimme ist.

Wie auch immer, da damals nichts Gescheites, oder besser gesagt nichts Verwertbares für mich zu hören war, entschloss ich mich, meine Berufswahl einfach an der meiner besten Freunde zu orientieren. In der Schule war das Edwin, der jeden Morgen aus seinem Heimatort mit dem Zug nach Neunkirchen fuhr und dann zu mir nach Hause kam. Edwin wartete in Verkaufsladen unserer Bäckerei geduldig so lange, bis ich endlich fertig war und wir uns dann buchstäblich auf den letzten Drücker gemeinsam auf den Weg zur Schule machten. Edwin hatte zwar auch keine innere Stimme gehört, sich aber im Gegensatz zu mir wenigstens schon mal mit verschiedenen Berufen und Berufsmöglichkeiten beschäftigt. Und Edwin favorisierte zu dieser Zeit eine Karriere bei der Bundesbahn. Warum weiß ich auch nicht. Vielleicht weil er jeden Tag mit dem Zug fuhr und dieser bewegenden Tätigkeit daher etwas abgewinnen konnte. Edwin wollte jedenfalls nach dem Realschulabschluss die mittlere Beamtenlaufbahn einschlagen und als Bundesbahnassistentenanwärter dort anfangen. Diese Berufsbezeichnung faszinierte mich derart, dass ich spontan beschloss, mich Edwins Berufswahl anzuschließen. Somit hatte ich also schon mal einen Berufswunsch zu Papier gebracht, aber sicherheitshalber wollte ich noch einen zweiten angeben, weil ich instinktiv ahnte, dass unser Lehrer mit Sicherheit diejenigen näher unter die Lupe nehmen würde, die nur einen Beruf auf ihrem Zettel stehen hatten. Also fiel mein Augenmerk auf Hans-Jürgen, den etwa gleichaltrigen Sohn unserer Nachbarn, mit dem ich in der Freizeit immer zusammen war. Hans-Jürgen hatte die Hauptschule besucht und schon ein Jahr vorher eine Lehre als Elektriker beim Neunkircher Eisenwerk begonnen. Hans-Jürgen war ein leidenschaftlicher Bastler, der fast jedes Gerät auseinandernahm und auch wieder heil zusammenschrauben konnte, was mir mächtig imponierte. Viel wichtiger für mich war jedoch, dass ich morgens zusammen mit ihm zur Arbeit und mittags wieder nach Hause gehen könnte und dass wir dabei sicher viel Spaß haben würden. In logischer Konsequenz entschied ich mich daher wie auch mein Freund Hans-Jürgen für die Elektrotechnik, womit ich bereits zwei Alternativberufe aufzeigen konnte. Nur, der Elektriker erschien mir doch etwas zu wenig im Vergleich zum Bundesbahnassistentenanwärter. Diesen Makel löste ich, indem ich mich spontan für den nicht minder imposanten Titel Elektroingenieur entschied.

Vom Ingenieurberuf wusste ich eigentlich so gut wie nichts, bis auf das, was in Micky Maus Heften von Daniel Düsentrieb, von Beruf bekanntlich ein genialer Erfinder mit dem Wahlspruch „Dem Inschinör ist nichts zu schwör", zu lesen war. Mit Elektroingenieur hatte ich jedenfalls einen zweiten klangvollen Berufswunsch gefunden. Es gab da lediglich ein kleines Problem, und zwar mein Herbstzeugnis, ein halbes Jahr vor dem Realschulabschluss, mit dem ich mich um eine Lehrstelle, früher hieß das noch so, bewerben musste. Während ansonsten bei meinen Herbstzeugnissen meistens „Versetzung gefährdet" draufstand, hieß es diesmal, niederschmetternd für meine Eltern, sogar „Abschluss sehr gefährdet". Sage und schreibe drei Fünfen schlugen darin zu Buche. Wenn es wenigstens noch

Nebenfächer wie Geschichte, Religion oder Erdkunde gewesen wären, hätte man ja dafür vielleicht noch mildernde Umstände anführen können, aber bei mir zierten die Fünfen ausgerechnet die Fächer Mathematik, Physik und Chemie. Für meine Berufswahl Elektroingenieur also nicht unbedingt die allerbesten Voraussetzungen, was mich allerdings von meiner Bewerbung beim Eisenwerk in meiner Heimatstadt nicht abhalten konnte. In der heutigen Zeit hätte ich mit einem derartigen Zeugnis sicherlich in keinem Beruf einen Ausbildungsplatz erhalten, zumindest keinen als Elektriker. Die Absage vom Eisenwerk ließ auch nicht lange auf sich warten. Was tun? Mama fiel zum Glück Herr J. als Retter in der Not ein. Herr J. war ein Nachbar und Kunde unserer Bäckerei, der als Hausmeister in der bergmännischen Berufsschule tätig war. Also schrieb ich eine zweite Bewerbung, diesmal an die Saarbergwerke, und wurde immerhin zu einem Auswahltest eingeladen, den ich erstaunlicherweise sogar bestand und als Elektrikerlehrling eingestellt wurde.

Nur wenige Tage danach mussten alle Lehrlinge für ein Jahr in die Ausbildungswerkstatt, wo
man uns zunächst handwerkliche Grundfertigkei-
ten im Umgang mit verschiedenen Werkzeugen
und Materialien wie Holz, Stahl und Kunststoff
beibrachte. Irgendwann im Verlauf der Lehrzeit
wurde die Ausbildungsstätte geschlossen und wir
mussten in eine zentrale Ausbildungswerkstatt für

das Saarland, wo wir nun gemeinsam mit Lehrlingen aus anderen Saarberg-Betrieben ausgebil-
det wurden. Dort traf ich zum ersten Mal auf
Endrik B., der einige, leider auch wenig erfolg-
reiche, Jahre am Gymnasium hinter sich hatte und
daher ebenfalls in die Niederungen des Arbeitsle-
bens einsteigen musste. Den Ausbildungsplatz
hatte ihm wohl sein Vater verschafft, der bei den
Saarbergwerken als Fahrsteiger schon ein recht
hohes Tier mit entsprechendem Einfluss war.
Endrik hatte das Gymnasium zwar geschmissen,
aber wenigstens wie ich die Mittlere Reife in der
Tasche, die ich mit einem ungeheuren Fleißein-
satz im letzten Halbjahr und mit noch größerem
Wohlwollen einiger meiner Lehrer mit Ach und
Krach geschafft hatte. Endrik war im Gegensatz
zu mir mit einem grenzenlosen Selbstbewusstsein
ausgestattet und fühlte sich anderen Lehrlingen,
die „nur" einen Hauptschulabschluss aufweisen
konnten, intellektuell weit überlegen. Nur wenige
wie ich mit dem gleichen Status fanden bei ihm
Anerkennung und Respekt. Ihn als hochnäsig zu
bezeichnen, wäre allerdings nicht zutreffend.
Endrik war eigentlich ein netter Kerl, dem es allerdings einen Heidenspaß machte, sich über andere lustig zu machen, um sich dann diebisch
über deren verärgerte Reaktionen zu freuen. So
liebte er es zum Beispiel, sich unter den etwas
Naiven und Einfältigen ein Opfer auszusuchen
und diesem dann auf den Kopf zuzusagen, dass er

ein Dummkopf sei, womit er naturgemäß die erwartete Reaktion bei den Betroffenen auslöste.

„Ich, ein Dummkopf, du hast sie wohl nicht alle", bekam er meistens zur Antwort.

„Natürlich bist du ein Dummkopf, und zwar ein riesengroßer", erwiderte Endrik lässig, worauf ihm meist üble Schimpfkanonaden, zum Teil unter Androhung von Prügel, entgegenschlugen. Doch Endrik ließ sich davon nicht beirren. „Na gut, dann gebe ich dir eine Chance, das Gegenteil zu beweisen, wenn du mir folgende Frage richtig beantwortest. Sag mir doch mal, in welchem Jahr die Normannen England erobert haben."

Eine derartige Frage an Lehrlinge im Bergbau zu richten passte wie eine Faust aufs Auge. Jedenfalls brachte er seine Opfer damit maßlos in Verlegenheit, die, wenn überhaupt, nur eine blöde Antwort oder ein Stottern zustande brachten. Richtig wusste es ohnehin keiner, worauf Endrik wie folgt zu reagieren pflegte: „Soll ich es dir sagen? Tausendsechsundsechzig war das, du Dummkopf. Hab´ ich dir nicht gesagt, dass du ein Dummkopf bist, ein Riesendummkopf sogar", lästerte er dann und hatte damit natürlich die Lacher auf seiner Seite, und nicht selten auch einen Tritt im Hintern. Damit war er zwar fürs Erste ruhiggestellt, aber das hielt meist nicht lange an. Irgendwann hatte er ein neues, ihm passend erscheinendes, Opfer gefunden und trieb mit ihm das gleiche Spielchen. So richtig böse konnte man Endrik aber dafür nicht sein, denn seine Attacken waren nie wirklich bösartig oder verletzend. Endrik saß nun mal der Schalk im Nacken und er provozierte seine Kameraden halt gerne.

Was Technik anbetrifft, ging es Endrik ähnlich wie mir. Allerdings hatte er nicht nur keine Ahnung davon, sondern er zeigte im Gegensatz zu mir selbst während der Lehrzeit kaum Interesse dafür. Er nutzte jede Gelegenheit, den so genannten Ernst des Lebens, den ich als Lehrling durchaus bereits verspürte, mit heiteren Einlagen wenigstens etwas abzumildern. So mussten wir in der Lehrwerkstatt immer etwas zum Aufschreiben dabei haben, einen Block und Schreibutensilien, also Bleistifte, Radiergummi und Bleistiftspitzer, für die damals übliche Kunststoff- oder Lederetuis mit Reißverschluss verwendet wurden. Diese Etuis hatte Endrik im Visier, und wann immer sich ihm die Gelegenheit bot, nagelte Endrik diese an ihrer Unterseite auf der Werkbank fest und verschloss dann den Reißverschluss sorgfältig, sodass niemand auf den ersten Blick etwas bemerken konnte. Dem half Endrik dann nach, in dem er sein Opfer freundlich bat, ob es ihm mal einen Stift oder einen Radiergummi ausleihen könne. Den vergeblichen Griff nach dem fixierten Etui und die erstaunte Reaktion wartete er noch ab, um sich dann hämisch grinsend davon zu schleichen und dabei ihm nachfliegenden Hämmern oder anderen Wurfgeschossen geschickt auszuweichen.

Irgendwann ging es nach der Ausbildung in mechanischen Fertigkeiten auch an die Elektrotechnik, der viele schon sehnsüchtig entgegenfieberten, weil wir jetzt erstmals elektrische Schaltungen als Versuchsaufbauten auf Holztafeln installieren durften. Die simpelste Schaltung in der Elektrotechnik stellt die so genannte „einfache Ausschaltung" dar, bei der eine Glühlampe über einen Schalter ein- und ausgeschaltet werden kann. Diese Schaltung, bei der Schalter und Lampe lediglich hintereinander geschaltet und mit der Spannungsquelle verbunden werden müssen, auch Reihenschaltung genannt, wird selbst von Nichtfachleuten nach kurzer Erläuterung auf Anhieb verstanden. Nicht so bei Endrik B. Jedenfalls gelang es ihm stattdessen die „einfache Ausschaltung" in eine „einmalige Ausschaltung" umzufunktionieren, in dem er Schalter und Lampe nicht in Reihe, sondern parallel an die Spannungsquelle anschloss. Der Lehrgeselle, heute würde man Ausbilder dazu sagen, ging durch die Reihen und kontrollierte bei jedem einzelnen von uns die Ergebnisse durch Betätigen des Schalters, mit dem die Lampe ein- und wieder ausgeschaltet wurde. Keine Probleme, bis er zu Endrik kam, bei dem die Lampe allerdings schon brannte. Als der Lehrgeselle den Schalter betätigte ging die Lampe auch aus, aber mit ihr auch alle anderen Lampen in der Werkstatt, denn mit Betätigen des Schalters wurde die Lampe und damit auch die Spannungsquelle kurzgeschlossen. Der Ausbilder war der Verzweiflung nahe, nicht nur des dilettantischen Fehlers wegen, sondern weil ihm Endrik auch noch weiszumachen versuchte, dass seine Schaltung doch wie vorgegeben funktioniert habe und sich die Lampe nachweislich auch ausschalten ließ. Bis heute bin ich mir nicht sicher, ob das ein echter Fehler von Endrik war oder aber eine seiner sonstigen Scherze, denn Endrik war durchaus beides zuzutrauen.

Geprägt von der Musik der Beatles, Stones, Lords und Rattles in den 60er Jahren, die junge hübsche Mädchen gleich reihenweise vor Verzückung in Ohnmacht fallen ließ, beschlossen mein Freund Eberhard und ich, eine Beatband zu gründen. Eberhard wohnte in der Nachbarschaft und lernte ebenfalls Elektriker bei Saarberg. Er hatte mir am Beispiel von „Wir lagen vor Madagaskar" beigebracht, wie man ein Lied mit Akkorden auf der Gitarre begleitet, nachdem ich mich vorher zwei Jahre lang im Do-it-yourself-Verfahren als Gitarist vergeblich darum bemüht hatte. Ebenso wenig wie von der Elektrotechnik verstand ich auch etwas von Musik, jedenfalls war Notenlesen kein Thema für mich. Ich kaufte mir stattdessen für ein paar D-Mark ein Übungsheft mit darin abgebildeten Gitarrengriffen, die ich auch nach einer Weile durchaus zu greifen und anzuspielen wusste, nur, wann ich welchen Griff bei einem Lied spielen musste, blieb bis dahin ein unlösbares Rätsel. Nachdem dieses Problem gelöst war, stand unserer Karriere als Musiker eigentlich nichts mehr im Wege, so glaubten wir jedenfalls. Wir beide besorgten uns Elektrogitarren, ein Gesangsmikrofon und ausrangierte Verstärker und Boxen von einer zur damaligen Zeit sehr bekannten Neunkircher Beatband. Wir versäumten von diesen Vorbildern fortan keine Vorstellung mehr beim Jugendtanz im Bürgerhaus, allerdings weniger des Tanzens wegen, sondern um uns zu allen Stücken, die uns gefielen, die jeweiligen Akkorde aufzuschreiben, soweit wir sie erkennen konnten. Eberhard beschloss, in der neu gegründeten Band mit dem klangvollen Namen „The Rookies", den ich vorsorglich ausgewählt hatte, um bei Fehlgriffen vor öffentlichem Publikum wenigstens eine passende Entschuldigung parat zu haben, die Sologitarre zu spielen, während ich die Rhythmusgitarre und den Gesang übernehmen sollte. Gitarre und Gesang, zudem auch noch in Englisch, unter einen Hut zu bringen, stellte sich doch als erheblich schwieriger heraus als ich anfangs dachte, zumal wir keine Englischtexte von den meisten Songs hatten und ich die Lieder nach Gehör nachsang. Die fehlenden Textpassagen überbrückte ich einfach mit einer Art Pseudo-Englisch.

Fortan übten wir jede freie Minute in einem Ab-
stellraum über der Backstube meines Vaters, natürlich mit der für eine Beatband gebotenen Lautstärke, und trieben so einige Nachbarn an den
Rand der Verzweiflung. Den unbeheizten Raum
mit zerbrochenen Fensterscheiben schmückten
wir mit bunt gefärbten Eierkartons, alten Film-
plakaten und ein paar Verkehrsschildern, die nach
unserer festen Überzeugung an ihrem ursprünglichen Bestimmungsort ohnehin entbehrlich waren.
Ein paar mit Wasserfarben bunt bemalte Glühbir-

nen dienten zur bühnengerechten Ausleuchtung, und verbreiteten einen bestialischen Gestank, wenn sie heiß wurden.

Was den Rookies allerdings noch fehlte, waren ein Drummer und ein Bassgitarrist. Für Letzteres konnten wir Endrik B. begeistern, der sich spontan einen E Bass, und zwar exakt den gleichen wie der von Paul Mc Cartney, kaufte. Geld für so etwas aufzutreiben war für ihn jedenfalls weniger ein Problem, als Gefühle für Melodie und Rhythmus zu entwickeln. Alle diesbezüglichen Versuche scheiterten kläglich, zumal Endrik nicht im Traum daran dachte, auch noch Zeit fürs Üben aufzuwenden. Auch unsere Hoffnungen auf Kurt als Drummer, der seine Ausbildung als Dreher gerade abgeschlossen hatte und durchaus musikalisches Talent beim Herumschlagen auf Kochtöpfen zeigte, zerschlugen sich, nachdem er uns über einen längeren Zeitraum immer wieder mit der Anschaffung eines Schlagzeugs vertröstet hatte. Zu allem Elend bandelte Eberhard auch noch mit Ellen, einer Nachbarstochter an, die nach meinem Dafürhalten verblüffende Ähnlichkeit mit Klarabella, der Comicfigur aus dem Micky Maus Heft, aufwies. Leider war ihr ein Dorn im Auge, dass wir unsere ganze Freizeit mit verzweifelten Versuchen, Musik zu machen, verbrachten. So stellte sie Eberhard eines Tages vor die Alternative: Entweder die Musik oder ich. Eberhard, es ist mir heute noch ein Rätsel, warum, entschied sich jedenfalls für Klarabella, womit die Rookies noch vor ihrer Geburt das Zeitliche segneten. Eine ruhmreiche Karriere als Musiker konnte ich mir jedenfalls abschminken, wobei ich diesem Beruf durchaus hätte etwas abgewinnen können.

Doch zurück zu Endrik B., mit dem ich eines Tages zu einer kleineren Grube nach Untertage versetzt wurde, weil jeder Elektrikerlehrling damals mindestens fünfundsiebzig Schichten bei den Bergleuten und weitere fünfundsiebzig bei den Elektrikern Untertage absolvieren musste. Bei den Bergleuten wurden wir meist zum Abgraben der Sohle in abgelegenen Abbau- und Transportstrecken eingeteilt und dementsprechend mit Pickel, Schaufel und Pickhammer ausgestattet.

Während ich durchaus darum bemüht war, der mir zugewiesenen Arbeit nachzukommen, hielt Endrik davon nicht das Geringste. So kam er eines Tages auf die pfiffige Idee, den Schalter vom Pickhammer mit Schießdraht so zu fixieren, dass dieser wie von selbst loshämmerte und weithin hörbar Pickhammergeräusche von sich gab. Endrik schnallte sich derweil mit seinem Ledergürtel, an dem der Akku für die Helmleuchte und der so genannte Selbstretter, eine Atemmaske in einem Metallzylinder, hingen, an einem hydraulischen Stempel fest, in dem er die Gürtelschnalle öffnete und den Gürtel dann so weitete, dass er um den Stempel und seine Taille passte. Dann schloss er die Gürtelschnalle wieder und hing so praktisch wie gefesselt am Stempel fest, was den unschätzbaren Vorteil hatte, dass er im Stehen schlafen konnte, ohne umzufallen. Eine wahre Meisterleistung, die meine ungeteilte Bewunderung fand und der ich auch gleich nachzueifern begann. So hingen wir beide, vor uns hindösend, jeder an einem anderen Stempel, während unsere Pickhämmer lustig vor sich hintanzten und einen Höllenlärm dabei verursachten, der jedermann Untertage lauthals verkündete, dass wir bienenfleißig am Arbeiten waren, denn nachdem wir unsere Helmleuchten ausgeschaltet und uns so für andere unsichtbar gemacht hatten, waren wir nur noch akustisch wahrnehmbar. Unserer Freude über dieses gelungene Kabinettstückchen folgte allerdings ein jähes Erwachen, als wir feststellen mussten, dass sich unsere Pickhämmer im Gestein völlig festgefahren hatten und nur unter Mithilfe der eilig herbeigerufenen Ausbildungsgesellen unter gewaltigen Kraftanstrengungen wieder befreit werden konnten. Der Ärger, den wir uns damit einhandelten, war nicht von schlechten Eltern, und für uns beide war erst mal Schluss mit lustig.

Am nächsten Tag gab es jedenfalls keine Pickhämmer für Endrik und für mich, sondern nur noch Pickel und Schaufeln. „Und wehe ihr beiden stellt wieder Dummheiten an, dann habt ihr heute eure letzte Einfahrt gemacht. Wenn ich sehen sollte, dass sich bei euch nichts bewegt oder eure

Kopflampen nicht brennen, dann gnade euch der liebe Gott", knurrte unser Ausbilder und schickte uns beide in den hintersten Abschnitt der abschüssigen Strecke, während er sich mit zwei anderen Lehrlingen ein Stück weiter oben zu schaffen machte. Während ich gleich zu arbeiten anfing, nahm Endrik wieder seine typische Schonhaltung an einem Stempel ein.

„Bist du verrückt geworden", entfuhr es mir. „Du hast doch gehört, was er gerade gesagt hat. Wenn er uns erwischt, bricht er uns alle Knochen. Ich mache hier auf jeden Fall meine Arbeit."

„Meinetwegen", erwiderte Endrik und gähnte herzhaft dabei. „Es reicht ja auch, wenn immer nur einer von uns hier schuftet. Ich mache erst mal ein Nickerchen und löse dich dann nachher ab. Falls jemand kommen sollte, sieht man das Licht schon von weitem. Dann kommst du mich ja rechtzeitig vorher aufwecken." Kurz darauf war er auch schon eingenickt. Ich hatte eine unbändige Wut über meinen faulen Kumpel im Leib und tobte mich derweil alleine mit Pickel und Schaufel aus. Nach etwa zwei Stunden hörte ich den Ausbilder rufen: „Hallo ihr Zwei, kommt mal hoch zu uns und bringt auch euer Gezähe mit, ihr müsst uns helfen." Mit Gezähe waren die Pickel und Schaufeln gemeint. Nur mit Mühe gelang es mir, Endrik wachzurütteln.

„Was ist denn los?", brummte er verschlafen.

„Keine Ahnung, wir sollen oben mithelfen. Nachdem du dich ja jetzt auf meine Kosten ausgeruht hast, kannst du wenigstens das Gezähe alleine raufschleppen", knurrte ich und drückte ihm das Werkzeug in die Hand. Endrik überlegte nur ein paar Sekunden, dann warf er alles kurzentschlossen auf den so genannten Panzer, ein Kettenförderer, der die gebrochene Kohle aus der Abbaustrecke beförderte. Kurz darauf war auch schon alles aus den Lichtkegeln unserer Lampen verschwunden.

„Bist du wahnsinnig", tobte ich, „was soll denn das?"

„Na was wohl? Der Förderer befördert doch alles wie von selbst nach oben. Ich rufe gleich mal hoch, damit die den Krempel rausnehmen können", sagte er. Im gleichen Moment hörten wir von weiter oben zuerst ein lautes Knirschen und Krachen, gefolgt von einem tierischen Aufschrei unseres Ausbilders. Eilig rannten wir die Strecke nach oben, nichts Gutes ahnend. Der Ausbilder stand neben dem Kettenförderer und hielt das Oberteil einer Spitzhacke in der Hand, von der nur noch ein kleines Stück vom Holzstiel übrig geblieben war, weil sich unser Gezähe im Kettenförderer völlig verheddert hatte und in tausend Fetzen zerrissen wurde. Zum Glück wurde von den umherfliegenden Teilen niemand getroffen und es gab auch keinen Schaden am Förderer selbst, denn dann wäre wirklich der Teufel losgewesen. Trotzdem hatte die Sache noch ein Nachspiel, zum einen für den Ausbilder, der sich für die Vernachlässigung seiner Aufsichtspflicht rechtfertigen musste und natürlich auch für Endrik und mich. Mit einer ernsten Ermahnung unseres Ausbildungsleiters und einen längeren Vortrag über Arbeitssicherheit im Bergbau kamen wir noch einmal glimpflich davon. Künftig wurden wir beiden nicht mehr zusammen zur Arbeit eingeteilt, und als die kleine Grubenanlage endgültig dichtgemacht wurde, trennten sich Endriks und meine Wege, als jeder von uns auf ein anderes Bergwerk verlegt wurde. Ich habe ihn seitdem nur noch selten gesehen, und nach unserer Gesellenprüfung völlig aus den Augen verloren. Was aus Endrik B. letztlich geworden ist, weiß ich leider nicht. Und aus mir ... ist tatsächlich ein Elektroingenieur geworden, der fast 38 Jahre in einem Büro saß, als Angestellter im Öffentlichen Dienst (siehe Absatz 1).

# FLECKENMONSTER

Julian saß mal wieder an seinem Lieblingsplatz, einer kleinen, von hohen Büschen umsäumten Ausbuchtung am Ufer, die er selbst mit einem alten Blecheimer, der verrostet im Wasser lag, etwas weiter ausgeformt hatte. Nur eine winzig kleine Bucht, vielleicht drei Meter lang und zwei Meter breit, und tief war sie auch nicht. Zwanzig oder höchstens dreißig Zentimeter, mehr nicht. Im Sommer war das Wasser dort schön warm, fast wie in einer Badewanne, und im Winter, wenn es richtig kalt war und sich eine Eisdecke auf dem stehenden Wasser bildete, ließ sich wunderbar darauf schlittern, wenigstens ein kleines bisschen. Niemand außer ihm kannte dieses Versteck am Ufer des kleinen Flusses, der durch seine Heimatstadt floss.

Julian war oft hier, meistens dann, wenn er traurig war und allein sein wollte. Und Julian war oft traurig, wie auch jetzt. *Nein, mit dir gehe ich nicht auf die Kirmes,* hatte Lena zu ihm gesagt, als er sie gefragt hatte. Lena war das hübscheste Mädchen in seiner Klasse. Lange hatte er sich nicht getraut, sie zu fragen, bis er sich schließlich heute doch Mut gefasst hatte.

*Und warum willst du nicht mit mir gehen?*, hatte er sie gefragt.

Das hätte er besser nicht tun sollen, denn Lena hatte ihm hämisch lachend erwidert: „Das fragst du noch? Schau dich doch mal an, du hast rote Haare und eine käseweiße Haut mit tausend Sommersprossen im Gesicht. Dazu noch eine Zahnlücke. Da gehe ich viel lieber mit Leon, denn der sieht echt gut aus. Aber du ... sei mir nicht böse, du bist eher ein hässliches Fleckenmonster."

Hässliches Fleckenmonster, so hatte sie ihn tatsächlich genannt. Puterrot war er daraufhin im Gesicht angelaufen, hatte sich wortlos umgedreht und war dann einfach losgerannt. Nur weg, weit weg wollte er. Und jetzt saß er da und starrte ins Wasser, und sein Gesicht starrte ihm aus dem Wasser entgegen. Hastig machte er mit den Füßen ein paar Wellen, weil er dieses hässliche Gesicht nicht mehr sehen wollte, ein Gesicht, das man im Wasser zwar zerstören kann, aber nicht in Wirklichkeit. Er war tief verletzt und hätte am liebsten für immer eine Maske getragen, aber das ging ja nur an Fasching, und der war schon lange vorbei.

Julian stand auf und marschierte am Ufer entlang. Nein, er würde jetzt nicht nach Hause gehen, sondern in die entgegengesetzte Richtung. Nur weg wollte er, weg von zu Hause, weg von der Schule und vor allem weg von Lena. Hinter der nächsten Flussbiegung sah er plötzlich ein junges Mädchen, das auf dem Boden lag und offenbar auf allen Vieren versuchte, ins Wasser zu rutschen. Hastig rannte er zu ihr, um ihr zu helfen.

„Oh, Gott, mein Hund", stammelte sie in panischer Angst, „siehst du ihn dort im Wasser? Bitte bitte, rette ihn, bevor er ertrinkt", flehte sie ihn an. Erst jetzt sah er das Tier, das sich ein paar Meter vom Ufer entfernt an einem aus dem Wasser ragenden Steinbrocken festzukrallen versuchte. Ohne lange zu überlegen sprang er ins Wasser, das an der Stelle kaum einen Meter tief war, und zog das hilflos zappelnde Bündel an Land. Es war noch ein Welpe, der es alleine sicher nicht geschafft hätte und von der Strömung abgetrieben worden wäre. Keuchend drückte er dem Mädchen den Hund in die Arme, das ihn heftig an sich drückte und zärtlich streichelte. Tränen der Freude liefen ihr über die Wangen. Nach einer Weile sah sie ihn an. „Danke, vielen vielen Dank", sagte sie immer wieder und fragte schließlich: „Wie heißt du denn eigentlich?"

„Julian", erwiderte er, noch immer etwas außer Atem.

„Julian? Ein schöner Name."

Er verzog das Gesicht zu einem quälenden Lächeln. „Findest du? Aber das ist wohl auch das einzig Schöne an mir."

„Was redest du denn da für ein dummes Zeug", erwiderte sie.

„Schau mich doch an, rote Haare, das Gesicht voller Sommersprossen und ..."

„Schau dir lieber mal meinen Hund an. Gefällt er dir?", unterbrach sie ihn.

Julian musterte den zitternden Kleinen, der sich dicht an das Mädchen klammerte. „Oh ja, er gefällt mir gut, ausgesprochen gut sogar. Was ist denn das für eine Rasse?"

„Ein Irish Red and White Setter."

Julian zuckte die Achseln. „Noch nie gesehen oder gehört", sagte er, „aber er ist wirklich sehr hübsch."

Das Mädchen kicherte. „Nein, nicht hübsch, bildschön ist er. Ich liebe sein weißes Fell mit dem rotbraun gefleckten Gesicht und den vielen braunen Punkten um die Nase." Sie blickte abwechselnd ihren Hund und dann Julian an und fuhr dann grinsend fort: „Ihr beide seht euch wirklich sehr ähnlich."

Ein Lächeln ging über Julians Gesicht. „Echt jetzt? Stören dich denn meine roten Haare und die Sommersprossen nicht? Ich meine ..."

„Deine Sorgen möchte ich haben. Hilfst du mir bitte mal auf", erwiderte sie.

„Kannst du das denn nicht alleine?"

„Leider nein."

„Und warum nicht? Hast du dich etwa verletzt?"

„Jetzt nicht, aber vor etwa zwei Jahren?"

„Das verstehe ich nicht", sagte Julian, „was ist denn passiert, vor zwei Jahren?"

„Ich bin von einem Auto angefahren worden und kann seitdem meine Beine nicht mehr bewegen. Dort hinten auf dem Weg steht übrigens mein Rollstuhl. Schaffst du es, mich bis dorthin zu bringen?"

„Na klar", erwiderte er und nahm das Mädchen samt Hund auf beide Arme. Zweimal musste er sie wieder absetzen, bis sie es endlich geschafft hatten.

„Vielen Dank, mein Held und Retter", sagte sie und drückte ihm einen Kuss auf die Wangen, worauf er sofort einen knallroten Kopf bekam, weil ihn noch nie zuvor ein Mädchen geküsst hatte.

„Wie heißt ihr beiden denn eigentlich?", fragte er.

Das Mädchen kicherte wieder. „Du wirst es nicht glauben, aber ich heiße Julia und der kleine Vierbeiner hier ist Julius."

„Julia, Julius und ..."

„Julian", unterbrach sie ihn. „Was für ein unglaublicher Zufall. Wir beide hatten heute wirklich großes Glück, dass wir dir begegnet sind."

Julian schüttelte lachend den Kopf. „Nein, Julia, ich bin der Glückspilz. Wohnst du eigentlich hier in der Nähe?"

„Ja, nur ein paar Minuten von hier entfernt."

„Darf ich dich nach Hause bringen?"

Julia nickte und Julian ließ es sich nicht nehmen, sie im Rollstuhl nach Haus zu drücken, obwohl sie sich eigentlich mit den Händen lieber selbst angetrieben hätte. Vor ihrer Haustür fragte er sie: „Hättest du nicht Lust, morgen mit mir zur Kirmes zu gehen?"

„Oh ja, sehr gerne, aber stört es dich denn nicht, ich meine, mit einem Mädchen im Rollstuhl?"

„Was für eine dumme Frage. Du bist für mich das schönste Mädchen auf der ganzen Welt. Aber jetzt muss ich schleunigst nach Hause. Ich hole dich morgen Nachmittag gleich nach der Schule hier ab, und Julius nehmen wir natürlich auch mit."

# FLUCH UND SEGEN

„Wenn du dich nicht traust, dann muss ich wohl die Initiative ergreifen, mein Schatz", sagte sie, küsste Thorsten zärtlich und fragte: „Willst du mein Mann werden?" Sie musste schmunzeln, als er für den Bruchteil einer Sekunde zusammenzuckte, sie völlig entgeistert anblickte und sich abrupt umdrehte. Dann ging er zum Fenster und starrte schweigend hinaus. Seine Reaktion auf diesen unerwarteten Überraschungseffekt erschien ihr nur allzu verständlich. Obwohl sie sich kaum mehr als zwei Jahre kannten, hatte sie noch nie zuvor eine derart intensive Liebe zu einem Mann verspürt, weder zu ihrer Jugendliebe, die nach über zehn Jahren allmählich versiegte, als sich ihre Wege nach dem gemeinsamen Studium aus beruflichen Gründen trennten, noch zu Sven, den sie vor fünf Jahren geheiratet hatte. Zwei Kinder resultierten aus dieser Ehe, ein Zwillingspärchen, weshalb sie vorübergehend auch den Job im Architekturbüro, in dem sie ihren Mann kennengelernt hatte, aufgeben musste. Ihr Glück schien vollkommen damals, bis an jenem ver-

hängnisvollen Abend vor drei Jahren gegen A-
bend zwei Polizisten an ihrer Haustür klingelten.
Als sie ihnen die Tür öffnete, ahnte sie gleich,
dass etwas Schreckliches passiert sein musste.
Die beiden Beamten eröffneten ihr, dass ihr Mann
mit seinem Wagen auf dem Nachhauseweg von
der Arbeit mit einem entgegenkommenden Fahr-
zeug kollidiert sei, wobei sein Auto ins Schleudern geraten und mit voller Wucht gegen einen
Baum geprallt wäre. Der Fahrer des anderen Wagens hätte Fahrerflucht begangen und sei unauf-
findbar. Nachdem die Suche nach ihm über län-
gere Zeit erfolglos blieb, wurden die Ermittlun-
gen schließlich eingestellt. Eine schreckliche Zeit
damals für sie, in der sie oft nicht wusste, wie sie
den Alltag mit den zwei kleinen Mädchen alleine
bewältigen sollte, zumal sie auch aus finanziellen
Gründen gezwungen war, wenigstens halbtags
wieder arbeiten zu gehen.

Thorsten und sie hatten sich zufällig vor der
Kita kennengelernt, vor der sie die Kleinen wie
immer nachmittags mit dem Wagen abholen
wollte. Sie hatte sich jedoch wegen eines beruflichen Termins verspätet und parkte den Wagen,
entgegen ihrer sonstigen Gewohnheiten, ohne
vorher zu wenden gleich auf der gegenüberlie-
genden Straßenseite. Die Mädchen warteten
schon ungeduldig an der Eingangstür auf sie. Eines der Kinder winkte ihr zu, riss die Tür auf und
wollte über die viel befahrene Straße zu ihr lau-

fen, als es in letzter Sekunde von einem Mann vor einem herankommenden Lieferwagen zurückgerissen wurde. Ihr blieb vor Schreck das Herz fast stehen, als der Lieferwagen vorbei war und der Mann mit dem Mädchen auf dem Arm ihr signalisierte, auf der anderen Straßenseite stehen zu bleiben, und schließlich mit beiden Kindern an der Hand zu ihr herüber kam. Hastig und noch immer zitternd vor Aufregung verfrachtete sie die beiden gleich im Wageninneren und bedankte sich bei dem Fremden.

„Ich bin so froh, dass Sie zur rechten Zeit am richtigen Ort waren und ein Unglück verhindert haben. Sie hat mir bestimmt der Himmel geschickt", hatte sie gesagt und ihn spontan umarmt.

„Es ist ja noch einmal gut gegangen", hatte er erwidert, „aber geben Sie mir bitte Ihre Autoschlüssel, bevor doch noch was passiert, denn Sie zittern ja wie Espenlaub. So lasse ich Sie jedenfalls nicht hinters Lenkrad. Sagen Sie mir einfach, wo Sie wohnen, und ich fahre Sie mit den Kindern nach Hause. Ich heiße übrigens Thorsten, Thorsten Weber."

Sie hatte sein Angebot gerne angenommen, denn sie wäre wirklich nicht in der Lage gewesen, mit den Kindern sicher nach Hause zu fahren. Er half ihr noch, die Kinder in die Wohnung zu bringen und verabschiedete sich dann. Doch schon am nächsten Abend klingelte er an ihrer Tür.

„Ich wollte mich nur mal kurz erkundigen, ob es Ihnen wieder besser geht, und für die Kleinen habe ich ein paar Süßigkeiten mitgebracht", sagte er und drückte ihr eine große Tüte mit Bonbons und Schokolade in die Hand. Obwohl ihr der Kopf nicht danach stand, wollte sie ihn nicht gleich an der Tür abwimmeln, bat ihn herein und lud ihn spontan zum Abendessen ein. Als sie die Kinder später ins Bett gebracht hatte, unterhielten sich noch eine ganze Weile bei einem Glas Rotwein miteinander, wobei er ihr anbot, sie bei Einkäufen und sonstigen Erledigungen zu unterstützen, nachdem sie ihm ihre Geschichte erzählt und sich beklagt hatte, dass sie seit dem Tod ihres Mannes völlig alleine auf sich gestellt sei und manchmal kaum wüsste, wie sie Beruf, Kinderbetreuung und den Haushalt unter einen Hut bringen sollte.

„Aber Sie sind doch sicher auch berufstätig und haben selbst wenig Zeit", hatte sie erwidert.

„Schon, aber ich bin selbstständiger Software-Entwickler und kann mir meine Zeit selbst einteilen. Tagsüber arbeite ich ohnehin wenig, denn die besten Ideen kommen mir meistens nachts", hatte er gelacht.

Da Thorsten ihr mit seiner Fürsorge und Hilfsbereitschaft auf Anhieb sympathisch war und sich offenbar auch gut mit den Zwillingen verstand, willigte sie schließlich ein. Es dauerte nicht lange, bis er fast jeden Tag bei ihr und den Kindern war und auch mal auf diese aufpasste, wenn sie einen beruflichen oder privaten Termin wahrnehmen musste. So wich die anfängliche Sympathie jeden Tag mehr einer intensiveren Zuneigung, bis sie ein paar Monate später nach einem gemeinsamen Abendessen an ihrem Geburtstag und ein paar Gläsern Sekt in ihrem Schlafzimmer landeten, dass seit Svens Tod kein anderer Mann mehr betreten hatte. Schon bald darauf zog er ganz bei ihr ein. Entgegen ihrer anfänglichen Befürchtungen verlief das Zusammenleben mit ihm und den Kindern völlig problemlos. Für die Mädchen war er ein liebenswerter Ersatzpapa, und für sie der Mann, den sie liebte und mit dem sie für immer zusammenbleiben wollte. Es war unverkennbar, dass auch er für sie genau das gleiche empfand, doch jedes Mal, wenn sie versuchte, mit ihm über eine gemeinsame Zukunft zu sprechen, wich er ihr aus. So hatte sie sich irgendwann entschlossen, selbst die Initiative zu ergreifen.

Thorsten stand noch immer schweigend am Fenster und starrte hinaus. Sie legte von hinten die Arme um ihn und hauchte ihm einen Kuss auf den Nacken. „Willst du mir keine Antwort geben, oder hat es dir die Sprache verschlagen", fragte sie und drehte ihn um. Erst jetzt bemerkte sie die Tränen in seinen Augen. „Was ist denn mit dir?

Hast du Probleme oder Sorgen, oder magst du mich etwa nicht, Thorsten?"

Er schüttelte den Kopf. „Natürlich mag ich dich. Ich kann dir nicht sagen, wie sehr ich dich liebe, aber ...", er schwieg und starrte an ihr vorbei. Dann fuhr er fort. „Ich würde mir nichts mehr auf der Welt wünschen, als mit dir und den Kindern für immer zusammen bleiben zu können, aber ... es geht nicht, Nadine.

„Es geht nicht, sagst du? Und warum nicht? Hast du etwa eine andere oder bist du gar verheiratet?"

Er schüttelte den Kopf. „Nein, es gibt keine andere Frau, aber ..."

„Was aber?"

„Ich habe Schuld auf mich geladen, Nadine, große Schuld sogar."

„Schuld, was meinst du denn damit? Hast du jemand die Brieftasche geklaut oder eine Bank ausgeraubt?"

„Nein, das nicht, es ist weitaus schlimmer. Ich habe ... ein Menschenleben auf dem Gewissen."

„Ein Menschenleben? Um Himmels Willen, du hast doch nicht etwa jemanden umgebracht? Nein, das glaube ich nicht. Was ist es, sag schon."

Wieder schüttelte er den Kopf. „Das kann ich nicht, denn wenn ich dir das sage, dann ist alles aus zwischen uns."

„Und du glaubst, es wäre alles gut, wenn du schweigst? Nein, Thorsten, dein Schweigen würde immer wie eine Wand zwischen uns stehen. Du musst es mir sagen, denn ich könnte mit niemand zusammenleben, der ein Geheimnis mit sich herumträgt."

Er sah sie lange an. Dann nickte er und sagte: „Ich glaube, du hast recht. Einmal musst du es ja doch erfahren." Dann nahm er seine Brieftasche, öffnete sie und zog eine Visitenkarte heraus, die er ihr wortlos in die Hand drückte. Es war eine Visitenkarte des Architekturbüros mit Svens Namen und Adresse.

Sie sah ihn kopfschüttelnd an. „Wo hast du denn die her, und was soll das bedeuten? Hast du etwa meinen Mann gekannt?"

„Nein, Nadine, nicht gekannt. Ich bin ...", wieder stockte er und fuhr dann fort, „ich war an diesem verhängnisvollen Abend vor drei Jahren mit meinem Auto unterwegs und bin mit dem Wagen deines Mannes kollidiert. Die schrecklichen Folgen kennst du ja."

Nadine starrte ihn ungläubig und entsetzt zugleich an und fing im gleichen Moment an, am ganzen Körper zu zittern. Als er sie in die Arme nehmen wollte, stieß sie ihn zurück. „Fass mich jetzt nicht an, Thorsten. Du bist also der große Unbekannte, der Svens Tod auf dem Gewissen hat. Wie konnte das bloß passieren? Los, sag es mir. Bist du zu schnell gefahren?"

Thorsten schüttelte den Kopf. „Das war nicht der Grund, Nadine. Ich ... ich hatte eine Nachricht auf meinem Smartphone empfangen und war dabei, sie zu lesen. Dabei bin ich aus Unachtsamkeit leider auf die Gegenfahrbahn geraten und mit dem Auto deines Mannes zusammengestoßen. Er hat wohl noch versucht, mir auszuweichen, aber dabei ist er ins Schleudern geraten und gegen einen Baum geprallt. Mir war außer einer Platzwunde am Kopf weiter nichts passiert und an meinem Auto war nur der Kotflügel auf der Fahrerseite beschädigt. Ich bin sofort zur Unglücksstelle gerannt, aber dein Mann war schon tot. Ich konnte nichts mehr für ihn tun. In seiner Jackentasche habe ich die Visitenkarte gefunden und wollte zuerst gleich unter seiner Privatnummer anrufen, aber dann hat mich plötzlich eine panische Angst vor den Folgen ergriffen. Ich bin dann zurück zu meinem Wagen und einfach davongerast. Den Wagen habe ich selbst klammheimlich repariert und monatelang gezittert, ob mich die Polizei doch noch ausfindig macht. Aber mein Gewissen hat mir einfach keine Ruhe gelassen. Ich kannte ja seine Adresse und habe mich zuerst über ihn und seine Familie näher informiert. Du kannst dir nicht vorstellen, wie schrecklich es für mich war, zu erfahren, dass er verheiratet ist und zwei kleine Kinder hat. Ich habe dich und die Mädchen eine zeitlang heimlich verfolgt und beobachtet und dabei mitbekommen, wie sehr du gelitten hast und wie sehr du trotzdem versucht hast, deinen Alltag zu meistern. Eines Tages habe ich es nicht mehr ausgehalten und war schon auf dem Weg zur Polizei, um mich zu stellen, als das vor der Kita passiert ist. Ich weiß nicht, wie ich es dir erklären soll, aber eine innere Stimme hat mir danach gesagt, dass ich mich stattdessen darum bemühen sollte, den verursachten Schaden zu heilen und dir und den Kindern zu helfen. So, jetzt kennst du die Wahrheit, und was auch immer passiert, ich bin froh, dass es endlich heraus ist."

Sie saß minutenlang wie versteinert auf der Couch und starrte ins Leere. Dann gab sie sich einen Ruck und sagte: „Du hast mein Leben zerstört, einmal vor drei Jahren und das zweite Mal mit dem, was du mir gerade gesagt hast. Ich war so glücklich, nach Svens Tod mit dir scheinbar einen Mann fürs Leben gefunden zu haben. Aber du bist kein Mann zum Leben, nein, du bist ein Mann fürs Sterben, Thorsten. Pack bitte sofort deine Sachen und geh. Auf der Stelle, hörst du?"

Er nickte wortlos, warf hastig ein paar Kleider in eine Sporttasche und legte ihr den Wohnungsschlüssel auf den Tisch. „Es tut mir entsetzlich leid, Nadine. Ich liebe dich und die Kinder mehr als mein Leben, und ich wollte, ich dürfte für immer für euch da sein, aber ... Ich werde mir in der Pension am Stadtpark ein Zimmer für die Nacht nehmen und morgen Vormittag gleich zur Polizei gehen, um mich zu stellen. Bitte verzeih mir, wenn du kannst." Als er die Abschlusstür der Wohnung hinter sich zugezogen hatte, ließ sie ihren Tränen freien Lauf.

Als er am nächsten Morgen nach einer schlaflosen Nacht die Pension Richtung Polizei verlassen wollte, stand sie mit dem Wagen vor der Tür. „Steig ein", sagte sie, „wir bringen die Kinder nur schnell zur Kita. Lass uns danach ein Stück zusammen spazieren gehen. Wir müssen reden." Eine ganze Weile gingen sie später schweigend am Mainufer entlang, bis sie ihn lange ansah und sagte: „Mein Verstand sagt mir, dass ich dich eigentlich hassen müsste für all das, was du in meinem Leben angerichtet hast. Mein Verstand sagt mir auch, dass du für all das Rechenschaft ablegen und geradestehen musst. Aber ich hatte heute Nacht einen merkwürdigen Traum. Ein Wesen, das ich nicht näher zu beschreiben vermag, hat mir zu verstehen gegeben, dass ich nicht auf meinen Verstand, sondern auf mein Herz hören sollte. Und mein Herz sagt mir, trotz allem, was passiert ist, dass wir uns lieben und miteinander glücklich werden könnten, falls ich dir verzeihen und die Uhr für uns wieder auf Null stellen kann. Ich habe ab morgen ein paar Tage frei und will mit den Mädchen an die See fahren, um mir darüber Klarheit zu verschaffen, ob und unter welchen Voraussetzungen das möglich wäre. Nächste Woche bin ich wieder zurück und ich hoffe, dass ich dann in der Lage bin, dir die gleiche Frage wie gestern Abend noch einmal zu stellen. So lange solltest du mit deiner Selbstanzeige bei der Polizei noch warten."

# DER WICHTELFALL

Nur zufällig habe ich ihn eines Tages auf einem Spaziergang entdeckt, mitten in Neunkirchen, meiner Heimatstadt. Ein Wasserfall, irgendwo, ganz versteckt vor einer Eisenbahnbrücke am Hüttengelände, wo kaum jemand vorbeikommt.

Na ja, er kann natürlich nicht mithalten mit den berühmten Wasserfällen auf unserem Planeten. Er kommt nicht ran an die Niagara-Fälle in Nordamerika, bei denen gewaltige Wassermassen über fünfzig Meter donnernd in die Tiefe stürzen. Auch die Viktoriafälle in Afrika mit einer Fallhöhe von über hundert Meter würden bestenfalls naserümpfend über den Winzling in meiner Heimatstadt hinwegsehen. Selbst der Rheinfall in Schaffhausen oder der Wasserfall in Triberg würden ihn nicht als Ihresgleichen anerkennen oder ihn allenfalls als kleinen Hüpfer belächeln. Kein Wunder, denn er ist kaum einen Meter hoch, nur etwa 10 Meter breit, und er hat auch keinen Namen. Jedenfalls ist mir keiner bekannt. Daher habe ich ihm einen gegeben. Wichtelfall heißt er jetzt, für mich jedenfalls, weil er meiner Ansicht

nach ein wichtelgerechtes Format hat und weil
ich nun mal ein ausgesprochener Wichtelfan bin.

Doch er fristet ein kümmerliches Dasein, weil
ihm kaum einer außer mir Beachtung schenkt.
Vielleicht ist er mir gerade deshalb so ans Herz
gewachsen, im Laufe der Jahre. Und so suche ich
hin und wieder seine Nähe, stehe am Bliesufer,
beobachte ihn eine Weile und lasse meinen Gedanken freien Lauf, gerade so wie das Wasser,
das unentwegt an mir vorbeizieht und mich daran
erinnert, dass sich nichts im Leben aufhalten lässt
und dass auch Abstürze dazu gehören, im Großen
wie im Kleinen. Und manchmal werden aus meinen Gedanken auch Geschichten wie diese.

Klammheimlich male ich mir dann aus, dass er vielleicht doch eines Tages Berühmtheit erlangen könnte als der kleinste Wasserfall der Welt, und dass ich mich als sein Entdecker dann in seinem Glanz sonnen könnte. Größenordnungsmäßig passen wir beide jedenfalls sehr gut zusammen, mein Wichtelfall und ich als Schriftsteller.

# DENKMAL SENSE EDUARD

Ein kalter Novembermorgen. Feuchter Nebel, der mir klammheimlich durch die Jacke unter die Haut gekrochen ist, um mir eine Gänsehaut zu bescheren, umhüllt auch das Denkmal am Hammergraben, an dem ich sonst oft achtlos vorbeigehe. Doch Charly scheint es magisch anzuziehen, hin zum Sense Eduard, der schon ein Vierteljahrhundert hier auf einem Koffer sitzt, seine Dienstmannmütze mit der Nummer 2 neben sich. Mitten in Neunkirchen, meiner Heimatstadt, sitzt er regungslos, tagaus, tagein. Mit dem linken Arm stützt er sich auf dem Oberschenkel ab, während er die überdimensionale rechte Hand lauschend ans Ohr hält. Doch kein Laut ist zu hören. Es ist still, fast gespenstisch still an diesem Sonntagmorgen, an dem sich die Stadt vom hektischen Trubel während der Woche zu erholen versucht.

Misstrauisch beäugt Charly die reglos dasitzende Gestalt, umkreist sie in sicherem Abstand, nähert sich dem vorgestreckten rechten Bein und schnuppert daran, derweil ich die Szene auf dem kalten Steinblock daneben sitzend beobachte. Plötzlich stellen sich Charlys Nackenhaare, er

fängt an zu knurren und weicht verängstigt zurück.

Was mag in ihm vorgehen, dem kleinen rumänischen Straßenhund, den wir bei uns aufgenommen haben, um ihn vor dem ansonsten unausweichlichen Schicksal in einer Tötungsstation zu bewahren? Der Vierbeiner konnte dem sicheren Tod noch rechtzeitig entrinnen, während der, den er gerade anknurrt, keine Chance hatte, damals, und 1941 in der Tötungsanstalt Hadamar dem grauenhaften nationalsozialistischen Euthanasiewahnsinn zum Opfer fiel, nur weil er stotterte und ihn die Häme sowie der Spott seiner Mitmenschen psychisch krank werden ließen.

*Riecht Charly etwa noch die tödliche Gefahr, der dieser freundliche und humorvolle Dienstmann ausgesetzt war? Versucht er gar, ihn mit seinem Knurren davor zu warnen?*, schießt es mir spontan durch den Kopf, während ich im gleichen Moment diesen absurden Gedanken wieder verdränge. „Keine Angst, Charly, es ist nur ein Denkmal, weiter nichts", versuche ich den Hund und auch mich selbst ein bisschen zu beruhigen. Hastig ziehen wir beide weiter in Richtung Stummplatz, während die Gestalt des Dienstmannes Nummer 2 hinter uns langsam im Nebel verschwindet.

# MAMAS SESSEL

Ich habe ihn ein letztes Mal an seinen alten Platz gestellt, um wenigstens noch ein Foto von ihm zu machen, bevor er seine Reise in Richtung Frankfurt antritt. Zu Melanie, unserer jüngsten Tochter, wird er umziehen, um genau zu sein. Hier oben im Dachgeschoss stand er viele Jahre vor dem Fenster in Mamas Küche. Hier war Mamas Lieblingsplatz, hier hat sie oft stundenlang gesessen, aus dem Fenster geschaut oder Bücher gelesen, die ihr Rosi aus der Stadtbücherei mitgebracht hatte. Romane von Utta Danella oder Rosamunde Pilcher, am liebsten in Großschrift. Sie war nicht gerne alleine, aber das hat sie sich nie anmerken lassen.

Zweimal in der Woche kam Helga, ihre Älteste, zu Besuch, manchmal auch ihre Schwester oder die Schwägerin. Darauf hat sie sich zwar immer gefreut, aber richtig glücklich war sie, wenn Rebecca, Roland und Melanie zu ihr hochkamen, meistens dann, wenn Rosi unterwegs war, um einzukaufen oder sonst etwas zu erledigen, was relativ häufig der Fall war. Doch die Besuche wurden im Laufe der Jahre immer weniger, je älter die Kinder wurden. Die letzten Jahre vor dem Krebsausbruch war es insbesondere Melanie, die noch öfter zu ihr nach oben ging und sich ein bisschen um sie kümmerte.

Mama liebte es, sich von dem kleinen Enkelkind etwas bemuttern zu lassen. Die Kleine half ihr dabei, die Pantoffeln anzuziehen oder sich aus dem Sessel zu erheben, in den sie sich zwar leicht hineinsetzen konnte, weil er ziemlich tief war, aber dafür umso beschwerlicher alleine wieder herauskam. Doch auch Melanies Besuche bei der Oma ließen allmählich nach. Mama vermisste die Kinder sehr, die doch immer etwas Leben und Abwechslung mit zu ihr nach oben brachten und sie wenigstens für kurze Zeit die Eintönigkeit um sie herum vergessen ließen. Sie beklagte sich zwar nie darüber, aber ich spürte es genau und versuchte daher manchmal, die Kinder unter irgendeinem Vorwand zur Oma hochzuschicken, was mir aber nur selten gelang. Ich wollte wohl damit mein eigenes schlechtes Gewissen etwas beruhigen, weil ich selbst am allerwenigsten oben bei Mama war, zum einen, weil ich meist an den Häusern herumwerkelte und zum anderen, weil ich einfach nicht wusste, was ich mit ihr hätte reden sollen.

Irgendwann kam ich auf die Idee, Felix, unseren Kater zu Mama hochzubringen, was er durchaus auch zuließ, sofern er in Mamas Sessel durfte. Mama war über die gelegentlichen Besuche von Felix glücklich und räumte für ihn gerne ihren

Platz in dem alten Korbsessel, der eigentlich gar nicht ihr Sessel war, sondern ursprünglich in der Küche im Erdgeschoss bei Rosis Eltern stand. Rosis Vater saß meistens darauf. Ich sehe ihn noch genau vor mir, den hageren alten Mann ohne Zähne im Mund. Im Nachthemd und mit einem von Rosis Mutter gehäkelten Käppchen auf dem kahlen Kopf erinnerte er mich immer etwas an Carl Spitzwegs Bild vom armen Poeten, obwohl er doch überhaupt nichts mit einem Poeten gemeinsam hatte.

Irgendwann nach dem Tod von Rosis Mutter, als ich das Erdgeschoss zu renovieren begann, hatten wir das Möbelstück hoch zu Mama gestellt, wo es dann zu Mamas Sessel geworden ist. Nach ihrem Tod hat er dann viele Jahre ein Schattendascin gcführt, zulctzt in Mclanies Kinder- und Jugendzimmer. Sie liebt den alten Sessel schr und hat schon ein paar Mal vergeblich versucht, ihn ihrer Mama abzuschwatzen. Doch eines Tages ist es ihr dann doch gelungen, vielleicht auch, weil Rosi weiß, dass er bei ihr gut aufgehoben sein wird, der alte Korbsessel, an dem so viele Erinnerungen hängen. Ich denke mir, dass sich sowohl Rosis Papa als auch meine Mama darüber freuen werden, dass er jetzt als Melanies Sessel bei Frankfurt zu neuem Leben erwachen darf.

# EIN GESCHENK DES HIMMELS

Obwohl es schon weit nach 19 Uhr war, lag die schwüle Hitze des Spätsommertages wie eine unsichtbare Glocke über dem Friedhof. Karl Stein schwitzte aus allen Poren. Immer wieder blieb er stehen, schob sich die graue Schirmmütze in den Nacken und wischte sich mit dem alten Stofftaschentuch den Schweiß von der Stirn. Nicht der geringste Windhauch war zu spüren. Das Gehen fiel ihm schwer, kein Wunder mit zweiundachtzig. Heute war sein Geburtstag, aber es gab niemand, mit dem er ihn hätte feiern können. Doch nach Feiern war ihm ohnehin nicht zumute. Er wollte nur noch nach Hause, unter die Dusche und dann noch ein Glas Wein trinken. Vielleicht noch ein bisschen Fernsehen und dann ins Bett.

Karl ging gerne erst gegen Abend auf den Friedhof, wenn dort kaum noch jemand anzutreffen war. Er wollte allein sein, um auf dem Weg zu Hildes Grab ihr gemeinsames Leben in kleinen Episoden Revue passieren zu lassen und sich mit ihr ungestört darüber zu unterhalten. Sie schien ihn schon am Friedhofseingang zu erwarten. Jedenfalls spürte er fast immer ihre Anwesenheit, obwohl es von dort noch ein gutes Stück Weg zu gehen war. Es war ihm fast so, als würde sie sich dann bei ihm einhaken und sich zärtlich bei ihm anlehnen, wenn er mit schweren Schritten zu ihrem Grab schlurfte und sich dabei mit ihr unterhielt. Die Unterhaltung war natürlich nur eine einseitige und begann immer damit, dass er sagte: *Ich hoffe, es geht dir gut, mein Schatz. Erinnerst du dich eigentlich noch daran, wie wir damals ...*

Er hatte sich schon vorher zu Hause überlegt, über was er mit ihr sprechen würde. Und in den fünfundfünfzig gemeinsamen Jahren hatte sich so viel ereignet, dass ihm der Gesprächsstoff sicherlich noch lange nicht ausgehen würde. Beim Jugendtanz hatten sie sich schon sehr früh kennengelernt, als sie beide noch in Ausbildung waren. Eigentlich wollte er sich damals noch nicht so fest binden und wäre viel lieber mit seinen Freunden öfter um die Häuser gezogen. Aber sie verstand es auf ihre Art sehr geschickt, ihn nie mehr richtig loszulassen, was sich schon nach relativ kurzer Zeit als gut und richtig erweisen sollte, als ihre beiden Väter leider viel zu früh verstarben. So fiel es ihnen gemeinsam wenigstens etwas leichter, sich schon in jungen Jahren um ihre alleinstehenden Mütter zu kümmern. Und so kam es, dass sie mit Anfang Zwanzig heirateten und zusammen mit den beiden Witwen in einem großen Haus wohnten, in dem er jetzt ganz alleine war. Drei Kinder hatten sie großgezogen, eine glückliche Zeit. Doch die Kinder waren längst erwachsen und lebten ihr eigenes Leben. Und weil es in dem großen Haus immer stiller und einsamer um sie geworden war, nahmen sie nach und nach einen Hund und ein paar Katzen aus dem Tierheim bei sich auf. Doch auch die waren mittlerweile längst gestorben. Als Hilde krank wurde und er sie zu Hause pflegte, hatte er ohnehin keine Zeit mehr, sich auch noch um Tiere zu kümmern. Und jetzt, nachdem er schon fast drei Jahre alleine war, fühlte er sich zu alt dafür. Nein, er würde alleine bleiben, so lange, bis ihn der liebe Gott zu sich heimholen und er mit Hilde und all den anderen, die bereits vor ihm ihre letzte Reise angetreten hatten, wieder vereint sein würde. Insgeheim sehnte er sich danach und hoffte, dass er nicht mehr allzu lange hier unten allein bleiben müsste. Alleine in einer Welt, die schon lange nicht mehr die seine und die ihm fremd geworden war. Eine Welt, in der sich im Laufe der Zeit so vieles verändert hatte, womit er nicht mehr zurecht kam. Eine Welt, die immer schnelllebiger, immer kälter und immer gefühlloser zu werden schien.

Als er den Friedhof verließ, wäre er fast über den Hund gestolpert, der neben dem Eingang an einem Zaunpfosten angebunden war. Ein Mischling mit weißem Fell und dunklen Flecken, der ihn mit seltsam traurigen Augen ansah und der ihm auf Anhieb gefiel, weil er weder bellte noch knurrend die Zähne fletschte. Nein, dieser Hund saß ganz still und friedlich da und blickte ihn traurig an. Ganz vorsichtig ließ er ihn zuerst an seiner Hand schnuppern, um ihm dann über den Kopf zu streicheln.

„Na, mein Kleiner, du wartest wohl auf dein Herrchen oder Frauchen", sagte er, „aber das kann nicht mehr lange dauern, denn in einer Viertelstunde wird der Friedhof geschlossen. So lange musst du dich wohl noch gedulden." Als er weiterging hörte er den Hund, der ihm offenbar nachzulaufen versucht hatte, aber von der Leine daran gehindert wurde, hinter sich kläglich winseln. Er drehte sich um und blieb für einen Moment stehen, worauf das Tier sofort verstummte. Doch als er zur Bushaltestelle weitergehen wollte, hörte er wieder ein klägliches Miefern.

„Na gut, dann bleibe ich halt noch ein bisschen bei dir und fahre mit dem nächsten Bus nach Hause, aber deinem Herrchen oder Frauchen werde ich vorher noch gehörig die Meinung sagen. Es ist eine Schande, dich in dieser Hitze so lange alleine warten zu lassen. Und Durst hast du sicher auch. Warte, ich hole ein bisschen Wasser für dich", sagte er und ging zurück, um am Brunnen gleich neben dem Eingang etwas Wasser in einen kleinen Eimer zu füllen, der dort stand. Ein paar Minuten später kam der Friedhofswärter, um das Tor abzuschließen. „Warten Sie bitte noch einen Moment, das Herrchen oder Frauchen von dem Hund hier müsste noch auf dem Friedhof sein."

Der Mann schüttelte den Kopf. „Nein", sagte er, „mein Kollege und ich machen immer einen Kontrollgang, bevor wir das Tor absperren. Auf dem Friedhof ist garantiert niemand mehr."

„Oh je, aber was ist denn jetzt mit dem Hund?"

„Keine Ahnung, mir gehört er jedenfalls nicht", knurrte der Friedhofswärter merklich ungehalten, setzte sich ins Auto und fuhr einfach los.

Karl sah sich noch einmal um, doch weit und breit war niemand zu sehen. „Na schön", seufzte er, „der nächste Bus fährt ohnehin erst in einer halben Stunde. Ich setze mich daher noch ein bisschen hier auf die Bank und du wartest schön auf deinem Platz, bis du abgeholt wirst, mein Freund. Alles klar?"

Der Hund schien ihn zu verstehen und legte sich neben dem Eingang sichtlich erschöpft ab. Auch der Alte verspürte eine plötzlich aufkommende Müdigkeit und nickte kurz darauf auf der Bank ein. Ein merkwürdiges Gefühl überkam ihn irgendwann. Als er die Augen wieder öffnete, erblickte er schemenhaft eine Gestalt, die sich über den Hund beugte und ihn vom Pfosten losband.

„Na endlich", sagte er, „wie können Sie Ihren Hund bloß so lange ..." Weiter kam er nicht, denn als sich die Gestalt aufrichtete und ihn lächelnd anblickte, schien er förmlich zu erstarren. „Das ist doch ... Hilde?", stammelte er. Kein Zweifel, dieses seltsam lichtumhüllte Wesen war seine verstorbene Frau, aber nicht die schwer kranke alte Frau, die vor ein paar Jahren von ihm gegangen war, sondern die hübsche junge Frau, mit der er vor endlos langer Zeit vor dem Traualtar gestanden hatte. Sie streichelte dem Hund zärtlich über den Kopf und schien ihm etwas zuzuflüstern, worauf dieser sofort zu Karl trottete, sich vor ihn setzte und den Kopf auf seine Oberschenkel legte. Als Karl aufstehen wollte, um sich ihr zu nähern, bedeutete sie ihm, sitzen zu bleiben, winkte ihm noch einmal lächelnd zu und war plötzlich wieder verschwunden.

Für ein paar Minuten saß der alte Mann wie versteinert auf der Bank. *Bin ich jetzt auf einmal verrückt geworden?*, kam ihm in den Sinn. *Aber das wird wohl an der Hitze liegen.* Dann gab er sich einen Ruck, nahm die Leine in die Hand und ging mit dem Hund zur Haltestelle, wo der Bus schon abfahrtbereit stand. Er kannte die Busfahrerin und unterhielt sich immer gerne mit ihr ein bisschen auf der relativ kurzen Fahrt zurück in die Stadt.

„Hallo, Herr Stein", begrüßte sie ihn lächelnd. „Wie ich sehe, sind Sie auf den Hund gekommen. Ein schönes Tier."

Er schüttelte den Kopf. „Ich nehme ihn nur mit, weil ihn jemand am Eingang zum Friedhof angebunden und nicht mehr abgeholt hat. Morgen gebe ich ihn im Tierheim ab. Vielleicht können die ja den Tierhalter ermitteln."

„Es ist immer wieder dasselbe. In der Urlaubszeit werden viele Tiere einfach ausgesetzt", erwiderte die Busfahrerin kopfschüttelnd. „Aber wollen Sie ihn wirklich dorthin bringen, wo er niemand kennt und vielleicht Angst vor anderen Hunden hat. Oder soll er tatsächlich wieder zu denen zurück, die ihn verstoßen haben? Man sieht ihm doch an, dass er ein sehr lieber und anhänglicher Hund ist, einfach wie geschaffen für Sie."

„Nein, dafür bin ich einfach zu alt", erwiderte er kopfschüttelnd.

„Das sehe ich aber etwas anders, man ist nie zu alt, wenn man so einem armen Tier helfen kann", bekam er zur Antwort. „Außerdem braucht so ein Hund jeden Tag Bewegung an der frischen Luft und das würde auch Ihnen sicherlich nicht schaden."

Er spürte, wie er innerlich zu schwanken begann. Doch wieder schüttelte er betont energisch den Kopf. „Auf keinen Fall. Der Hund hat einfach nur Glück, dass ich heute Geburtstag habe und ihn auch nicht einem ungewissen Schicksal überlassen möchte. Aber morgen gebe ich ihn wieder ab."

„Oh, Sie haben heute Geburtstag? Na dann ist doch alles klar. Herzlichen Glückwunsch und alles Gute für Sie, Herr Stein", sagte die Busfahrerin und schüttelte ihm die Hand.

„Danke, aber was meinen Sie denn damit, dass alles klar ist?"

Die Busfahrerin grinste. „Ganz einfach, der Hund ist garantiert ein Geschenk des Himmels für Sie."

Er sah sie eine Weile nachdenklich an. Dann nickte er bedächtig. „Ein Geschenk des Himmels, sagen Sie? Ja, ich glaube, damit liegen Sie gar nicht mal so falsch." Dann beugte er sich zu dem Hund und tätschelte ihm zärtlich über den Kopf. „Also gut, Charly, ab heute sind wir Zwei ein Team", sagte er, worauf der Mischling heftig mit dem Schwanz wedelte und an seinem neuen Herrchen freudig hochsprang, gerade so, als hätte er jedes Wort verstanden.

„Charly, wie kommen Sie denn jetzt gerade auf den Namen?"

Er lächelte. „Ganz einfach, ich heiße Karl, weil mein Opa mütterlicherseits aus Frankreich stammt und Charles hieß. Und dann müsste der

Name Charly doch auch ganz gut zu meinem neuen Hund hier passen, oder?"

„Aber natürlich. Na, dann steigen Sie mal ein, damit wir endlich losfahren können."

„Gerne. Und was kostet es für den Hund und mich?"

„Ich bitte Sie, das ist heute natürlich eine Freifahrt. Eine Freifahrt für Sie, weil Sie Geburtstag haben und für den kleinen Charly hier ist es sicherlich eine Freifahrt ins Glück."

## SIEBEN LEBEN

*Katzen haben sieben Leben*, hieß es im Mittelalter. Gemeint waren damit insbesondere schwarze Katzen, denen man als Begleiter von Hexen Dämonisches nachsagte. Wenn man die armen Tiere nämlich von Türmen warf, um sie so kaltblütig zu töten, überlebten erstaunlich viele, weil sie es auf schier wundersame Weise verstanden, auf ihren vier Pfoten zu landen

Unser Rocky ist leider gestorben, im selben Körbchen, wie vor vielen Jahren unser Zwergpudel Teddy. Obwohl Rocky ein paar Monate vorher Krebs bekam und deswegen permanent in tierärztlicher Behandlung war, konnte er seine letzte Reise antreten, ohne dass ihn der Tierarzt mit einer tödlichen Spritze erlösen musste. Ein letzter Gang, vor dem wir schreckliche Angst hatten, der uns aber unausweichlich erschien, falls er leiden würde. Doch er durfte von sich aus friedlich still und leise von uns gehen. Wir sind froh und dankbar darüber, auch wenn es uns fast das Herz gebrochen hat.

Sechzehneinhalb Jahre hat er mit uns gelebt, der kleine schwarze Kater. Unsere drei Kinder haben während dieser Zeit nach und nach das Elternhaus verlassen, um ihr eigenes Leben zu leben. Roland hatte ihn eines Tages nach Hause gebracht, ohne uns vorher zu fragen. Rocky durfte trotzdem bleiben. Er war ein richtig tollpatschiger Hektiker und ließ keine Gelegenheit aus, um Schaden anzurichten. In jungen Jahren hat er so ziemlich alles zerdeppert, was ihm in die Quere oder in die Pfoten kam. Am Schlimmsten war das Unglück mit Rosis Puppe aus den 50er Jahren, die er von der alten Nähmaschine stieß, sodass sie auf dem Fliesenboden landete und der Zelluloidkopf dabei halb zertrümmert wurde. Eine teure Puppenreparatur und noch eine weitaus teurere Glasvitrine waren die Folge, um wenigstens die anderen Puppen vor einem ähnlichen Schicksal zu bewahren, die dann aber nicht in die Vitrine passten, weil sie zu groß waren. So wurden halt sündhaft teure kleinere Puppen dazugekauft, um der Vitrine doch noch zu ihrer angedachten Nutzung zu verhelfen.

Rocky liebte für sein Leben gerne Kartons, in denen er sich stundenlang aufhalten konnte. Je kleiner desto lieber, schien es mir fast, wenn er sich selbst in die kleinste Schachtel zu zwängen vermochte.

Etwas Dämonisches haftete Rocky tatsächlich an,
wenn er seinen später dazugekommenen Katzen-
bruder Henry regelmäßig durchs Wohnzimmer
jagte und nicht eher Ruhe gab, bis dieser sich mit
einem gewaltigen Satz auf besagte Vitrine rettete,
wobei das teure Stück samt Inhalt bedrohlich ins
Schwanken geriet.

Vieles geht mir durch den Kopf, seitdem Rocky nicht mehr bei uns ist, obwohl er doch als
schwarzer Kater sieben Leben haben müsste.
Wenigstens ein Zweites hätten wir uns für ihn
und für uns gewünscht. Jetzt hoffen wir, dass er
bei unseren Zwerghamstern und Kanarienvögeln,

beim Wellensittich Theo und unserem kleinen Spatzen Max ,bei den anderen Katzen Felix, Wuschel, Nicky, Sammy, Lucy, Scarlet und bei Pudel Teddy im Tierhimmel ist.

Und wenn es künftig von oben mal kräftig rumpeln sollte, werde ich mir wohl die Frage stellen, ob es ein Gewitter oder nicht doch unser Rocky ist, der dort oben himmlisches Porzellan zerdeppert. Ich hoffe nur, dass es ihm der liebe Gott nicht verübeln wird.

In diesem Sinne: Mach´s gut dort oben, du kleiner schwarzer Kater.

## ZWEI HERZEN IM GLEICHSCHRITT

Melanie ist zu Besuch bei uns, mit Leon, einem unserer drei Enkel, die wir leider nicht allzu oft zu sehen bekommen. Rosi und ich freuen uns immer sehr, wenn sie mit ihm für ein paar Tage zu uns kommt. Zwischen uns und ihrem Zuhause in der Nähe von Frankfurt liegen fast 170 km, sodass wir uns mitunter einige Wochen gedulden müssen, bis sie wieder Zeit für einen Besuch hat, weil sie als Intensiv-Krankenschwester auch öfter Einsätze übers Wochenende hat. Aber jetzt ist sie da und wir genießen es sehr. Ich mag meine En- kel und mache mit ihnen gerne „Quatsch", wie Melanie sich auszudrücken pflegt. Und Leon mag Opas Quatsch auch, da bin ich mir ziemlich si- cher.

Auch Charly, unser rumänischer Vierbeiner freut sich im wahrsten Sinne des Wortes tierisch auf die beiden und geht so sanft und zärtlich mit dem kleinen Wicht um, dass man fast zu Tränen gerührt ist. Auch ich, um ehrlich zu sein, aber bitte nicht weiter sagen, weil ich weicheiige Männer auf den Tod nicht ausstehen kann, denn *ein Indianer kennt keinen Schmerz,* so lautet meine Devise, schon von jung an. Nicht nur wegen einer entsprechenden Erziehung, sondern auch, weil mir Indianer schon immer als mutige und tapfere Krieger imponiert haben, die selbst unter Folterqualen am Marterpfahl mit keiner Wimper gezuckt und ihre Feinde verhöhnt haben. Doch sehe ich leider nicht so aus wie ein stolzer Indianer, sondern eher wie ein skalpiertes Bleichgesicht. Eine Sam Hawkins-Kopic, falls Sie etwas mit Karl May und seinen Büchern anfangen können, die ich früher reihenweise verschlungen habe. Wie auch immer, tief in meinem Inneren bin ich jedenfalls eine waschechte und stolze Rothaut.

Zurück zu unserem Besuch. Das Wetter ist ausgesprochen schön Ende Oktober und wir machen einen ausgedehnten Spaziergang durchs Wagwiesental. Rosi mit Melanie und Leon im Kinderwagen vorneweg und ich mit Charly ein paar Meter dahinter. Charly und ich sind die besten Freunde. Keine Kunst, weil Charly auch mein einziger Freund ist, um ehrlich zu sein. Das hängt damit zusammen, dass ich es meisterhaft beherrsche, mit manchen Mitmenschen über kurz oder lang, meistens eher kurz, in eine verbale Auseinandersetzung zu geraten, obwohl ich, und das meine ich allen Ernstes, ansonsten der friedlichste Mensch nördlich der Alpen bin. Wenn mich jedoch jemand unfreundlich behandelt oder beleidigt, dann erwacht mit einem Schlag der Indianer in mir, die Rothaut sozusagen, was dann leider auch unschwer an meiner Gesichtsfarbe zu erkennen ist. Dann begehe ich in Gedanken schreckliche Grausamkeiten, wobei es mir zum Glück bisher noch immer gelungen ist, deren Umsetzung in die Realität zu vermeiden. Stattdessen beschränke ich mich meist auf das Ausstoßen von Kriegsgebrüll. Ich glaube, deshalb hat mir auch der liebe Gott in weiser Voraussicht Rosi zur Seite gestellt, ein höchst liebenswertes weibliches Wesen. Meine bessere Hälfte, ein Engel sozusagen, wenn auch mit kaum mehr als Einmeterfünfzig kein allzu großer.

Während es ein Leichtes für mich ist, entlang des Weges mit anderen in Streit zu geraten, sammelt Rosi umso mehr neue Freunde ein, sodass unterm Strich für uns als Ehepaar zumindest ein neutrales Ergebnis dabei herauskommt.

Doch zurück ins Wagwiesental, wo uns Frau R. mit Nina entgegenkommt. Sie hat ein großes Herz für Tiere und führt jeden Tag bei Wind und Wetter den kleinen Beagle von Freunden volle zwei Stunden aus. Wir sind irgendwann, der Hunde wegen, ins Gespräch gekommen. Charly liebt Nina, aber eher platonisch, wie eine Schwester eben. Ich glaube, Nina ist nicht unbedingt Charlys Typ. Ob es damit zusammenhängt, dass sie vielleicht ein bisschen zuviel an Gewicht auf die Waage bringt, weiß ich nicht, aber zumindest Frau R. äußert bisweilen diesen Verdacht. Charly liebt auch Frau R., aber bestimmt nicht nur der Leckerli wegen, die er sonst kaum von Fremden annimmt und tatsächlich auch isst, während er die von anderen meist vergräbt. Nein, Charly hat ein unglaubliches gutes Gespür für den Charakter von anderen Menschen, und Frau R. hat einen wunderbaren Charakter, nicht nur weil sie Nina hütet und ausführt. Sie ist einfach sehr lieb und nett, genau so wie Rosi, und wir beide haben auch in vielen Dingen gleiche Ansichten, was Fehlentwicklungen in unserer Gesellschaft anbetrifft. Ich unterhalte mich jedenfalls sehr gerne und lange mit ihr, was bei allen, die mich kennen, Erstaunen hervorruft. Nicht dass ich schweigsam wäre, aber ich vermeide gerne die sonst üblichen Unterhaltungen über Belanglosigkeiten.

Während wir gemeinsam durchs Tal schlendern, nimmt Melanie den Kleinen aus dem Kinderwagen, damit er selbst ein kleines Stück laufen kann. Frau R. reicht ihm eher zum Spaß ihre

Hand, wohl um zu testen, ob er nicht gleich wieder bei seiner Mama Schutz sucht. Doch das Gegenteil ist der Fall. Leon ergreift spontan die Hand der für ihn fremden Frau und trottet neben ihr her, nicht nur ein paar Meter, sondern mindestens eine Viertelstunde. Erstaunlich, dieses eher ungewöhnliche Verhalten eines kleinen Jungen, aber nicht für mich, denn ich bin mir ganz sicher, dass Leon vom gleichen untrüglichen Instinkt geleitet wird wie Charly. Frau R. ist die Rührung förmlich anzusehen. Verstohlen wischt sie sich eine Träne aus den Augenwinkeln. Ich ahne warum, denn sie hat mir einmal vom schrecklichen Schicksal ihres Sohnes erzählt, worüber ich hier aber nichts schreiben möchte.

Frau R. lebt, wie ich weiß, seit vielen Jahren allein, weil auch ihr Mann schon lange tot ist. *Selbst die besten Freunde können dir die Familie nicht ersetzen*, schießt mir spontan durch den Kopf. Und der kleine Mann an der Seite von Frau R. spürt instinktiv, dass er dieser Frau mit einem Spaziergang Hand in Hand etwas Liebe schenken kann, zumindest für ein paar hundert Meter. Ich bin zutiefst gerührt von diesem Bild der Eintracht, das schöner nicht sein könnte.

Doch dann passiert es. Ein Mann kommt uns entgegen und wechselt mit meinen Frauen ein paar
Worte. Ich achte eher auf Charly, der ein paar
Meter dahinter mal wieder nicht vom Fleck weg-
kommt, weil er eine Stelle am Wegesrand erst
ausgiebig beschnuppern und dann markieren

muss. Als der Mann mir entgegenkommt, ahnt er wohl nicht, dass wir zusammengehören. Jedenfalls winkt er mit dem Kopf verächtlich in Richtung der drei Frauen vor mir, grinst mich an und macht eine sehr despektierliche Bemerkung über sie. Ich weiß es nicht mehr genau, um ehrlich zu sein, aber es ist auch völlig gleichgültig, denn er hat mit dieser verächtlichen Bemerkung binnen einer Sekunde den Indianer in mir geweckt. Die blutrünstige Rothaut also, die sich am liebsten auf diesen erbärmlichen Wicht, der etwa einen Kopf größer als ich ist, stürzen und ihn nach Strich und Faden verprügeln möchte. Wenigstens verprügeln, nicht mehr. Doch das tue ich natürlich nicht, drohe ihm aber in orkanartiger Lautstärke Prügel an, wenn er sich nicht schleunigst aus dem Staub macht, worauf ich von Melanie, meiner Jüngsten, heftig attackiert werde und sie mich an meine Vorbildfunktion als Großvater erinnert. Am liebsten würde ich auch sie jetzt ..., aber auch das tue ich natürlich nicht, was wiederum ein eindrucksvoller Beleg dafür ist, dass ich tatsächlich der friedlichste Mensch nördlich der Alpen bin.

Wütend bin ich deshalb so, weil mich irgendein erwachsener Flegel nicht nur durch beleidigende Äußerungen gegenüber den Menschen, die mir sehr viel bedeuten, zur Weißglut gebracht hat, sondern damit auch die Eintracht zwischen den zwei Herzen im Gleichschritt, nämlich dem des süßen kleinen Jungen namens Leon und dem der netten und hilfsbereiten Frau R., schlagartig zerstört hat.

Doch ein versöhnliches Ende hat diese Geschichte zum Glück dennoch gefunden. Leon hat der Dame seines Herzens zum Abschied sogar einen Kuss geschenkt, obwohl er dem Küssen von fremden Leuten ansonsten eher wenig abgewinnen kann.

# MORGENS UM NEUN

## Gedanken eines Zeitungslesers

Wie jeden Tag, nie steht etwas wirklich Neues oder Interessantes in diesem Käseblatt hier. Na gut, meinetwegen auch Zeitung. Seit es das Internet gibt ist sie ohnehin überflüssig geworden, aber ... Macht der Gewohnheit eben, schon über vierzig Jahre. Früher war morgens allenfalls Zeit, um die Überschriften zu überfliegen und das Fettgedruckte zu lesen. Abends nach Feierabend alles in Ruhe mal durchlesen? Kannst du vergessen, ist jedenfalls bei mir fast nie passiert. Wenn du die Zeitung morgens nicht liest, kannst du sie auch gleich in die Tonne klopfen. Und heute, jetzt, wo man alle Zeit der Welt hat? Kannst du sie eigentlich auch gleich entsorgen oder abbestellen, weil ... siehe weiter oben. Trotzdem kannst du es einfach nicht lassen. Warum? Keine Ahnung.

Ach ja, die Todesanzeigen. Heute nur knapp drei Seiten. Gestern waren es immerhin noch fast vier und vorigen Samstag sogar über sechs. Fährt der Sensemann etwa Kurzarbeit oder gehen ihm die Kandidaten aus? Natürlich nicht, vielleicht nur ein Ausrutscher nach unten in der Sterbestatistik oder nur eine kleine Verschnaufpause, die sich Freund Hein gönnt, um dann wieder verstärkt zuzuschlagen.

Haben mich früher nie interessiert, diese Anzeigen. Höchstens mal, wenn man einen gekannt hat, der über den Jordan ging. Über den Jordan ... warum heißt das eigentlich so, über den Jordan gehen? Egal! Aber heute. Sind im Grunde genommen gar nicht so uninteressant, diese Anzeigen, oder hängt es vielleicht auch damit zusammen, dass man der Sache selbst jeden Tag etwas näher kommt. Na ja, mit siebzig, aber das geht doch eigentlich noch, oder? Nur, Papa war noch nicht mal vierundsechzig, als er ... Und er war der älteste von drei Brüdern. Du liegst also schon weit drüber, mein Junge. Mein Junge? Klingt irgendwie blöd. „Mein Alter" trifft´s da schon eher.

„Man sieht die Sonne untergehen und erschrickt doch, wenn es dunkel wird". Schöner Spruch, aber für eine Todesanzeige? Na ja, passt schon, irgendwie!

Oder hier: „Wenn ich Abschied nehme, will ich leise gehen, keine Hand mehr drücken, nimmer rückwärts sehen." Aber das tut man doch gerade, wenn man Abschied nimmt, normalerweise jedenfalls.

„In Liebe und Dankbarkeit nehmen wir Abschied von ..." Standardspruch, so etwas liest man reihenweise in diesen Anzeigen. Spricht mich überhaupt nicht an, aber geht mich ja auch überhaupt nichts an.

„Warum?" Einfach nur warum. Warum nicht!

Muss das denn sein, der Dr.-Ing. unter dem Namen? Du schreibst doch auch nicht Müllmann drunter, wenn der einer war. Nein, nicht Müllmann, das heißt Müllwerker, oder Müllentsorger, glaube ich. Auf die korrekten Berufsbezeichnungen muss man achten. Egal! Aber dieser Promovierte hier war doch über achtzig und bestimmt schon lange in Rente. Natürlich, bleibt er lebenslang ein Dr.-Ing, aber schließlich ist er ja nicht mehr da, jetzt. Und wenn du tot bist, bist du doch weg vom Fenster, einfach ein Nichts oder niemand mehr, nicht mal als Dr.-Ing.. Einfach ein Nichts? Oder doch, aber in einer anderen Form? Du kriegst darauf keine Antwort. Reine Glaubenssache! Ja, zum Teufel, ich glaube daran! Zum Teufel musst du natürlich streichen. Klar, jeder muss das für sich selbst entscheiden, ob oder ob nicht. Und ich habe mich nun mal dafür entschieden. Nicht einfach nur so, sondern aus Überzeugung. Nein, es gibt keine Beweise, aber jede Menge Nahtoderfahrungen und Nachtodkontakte, über die Ungläubige allerdings ungläubig den Kopf schütteln und lachen. Ich aber nicht!

Zurück zu dem mit dem Doktorhut. Soll mit dem Zusatz unter dem Namen wohl noch ein letztes Mal gewürdigt werden oder wollen sich die Hinterbliebenen selbst damit schmücken, dass der Papa, der Onkel oder der Opa ein ganz besonderer war? Dr.-Ing., klingt ja beinahe schon so wie ein Adelstitel. Na ja, wie ein moderner halt. Trägt er den etwa auch im Sarg, den Doktorhut meine ich? Vielleicht haben sie ihm ja auch noch seine Urkunde in die eiskalten Hände gedrückt. Man weiß ja nie, ob man sie nicht doch noch gebrauchen kann. Wollte er das so oder hat er es vielleicht sogar verlangt, in seinem Testament, meine ich? Standesdünkel, auch noch in der Kiste? Nichts ist unmöglich. Vergiss den Spruch bloß, so etwas fällt unter Werbung.

Werden immer blödsinniger, deine Gedanken. Wirst du jetzt langsam senil, Alter? Weiter im Text. Der arme Kerl hier ist gerade mal dreiundzwanzig geworden. War wohl krank. Vielleicht Krebs, oder ein Unfall? Klar, die jungen Burschen heutzutage auf ihren Motorrädern wollen alle Rekorde brechen und dann ... brechen sie sich stattdessen alle Knochen dabei. Selber schuld! Nein, so darfst du nicht denken ... aber warum müssen die auch alle so rasen? Stimmt doch!

Unglaublich, die hier ist fast fünfundneunzig geworden. Schönes Alter, aber auch ein schöner Tod? Gibt es überhaupt so etwas wie einen schönen Tod? Ich meine, abends ins Bett und morgens nicht mehr aufwachen. Sicher gibt es das! Aber ist das auch wirklich schön? Jedenfalls mehr oder weniger schlimm, glaube ich.

Manche suchen ihn sogar freiwillig, den Tod. Selbstmord, warum auch immer. Klar, bei richtig schlimmen Schicksalen kannst du so etwas nach-vollzichcn. Quatsch, natürlich nicht nachvollzie-hen, aber verstehen zumindest. Aber Selbstmord ist schließlich auch Mord, ein Kapitalverbrechen am eigenen Leib sozusagen. Ist doch unzulässig, oder? Nur, wo kein Kläger, da ist halt auch kein Richter ... oder doch, nur eben kein irdischer.

Mal sehen, vielleicht ist unter denen hier ja einer dabei, der freiwillig die Reißleine gezogen hat. Natürlich Unsinn, denn selbst wenn, würden die ja nicht in so einer Anzeige schreiben „Er hatte die Schnauze voll von ..." oder „Er konnte den ganzen Scheiß nicht mehr ertragen, weil ..." oder „Er ist mit Gott und der Welt nicht mehr klargekommen". Nein, so etwas bleibt schön im Dunkeln, statt dessen liest du immer nur Gutes über den oder die, die es hinter sich haben, selbst wenn sie denen, die sie hier zurückgelassen ha-ben, vorher noch so unbequem oder unsympa-thisch waren. Was werden die eigentlich bei dir schreiben, wenn du den Löffel abgegeben hast? Lass dich überraschen! Klingt ja schon wieder nach Werbung.

Wie alt war die noch mal? Ach ja, fast fünfundneunzig Jahre. Dann bleiben mir ja noch fast
fünfundzwanzig. Falsch, ist ja ein Konjunktiv, auf
gut deutsch Möglichkeitsform. Dann müsste es ja
eigentlich „blieben" heißen oder besser „würden
bleiben"? Komm, jetzt nicht auch noch Gedanken
über Grammatik. Ob so oder so, selbst dann lägen
trotzdem schon weit mehr als zwei Drittel vom
Ganzen hinter dir. Dennoch kein Grund zur Pa-
nik, klar, aber du biegst langsam in die Zielgerade
ein. Oder siehst du etwa schon die Ziellinie vor
dir? Was sagt eigentlich der da oben dazu? Funk-
stille. Außerdem, so lange wäre das ja auch nicht
wirklich, wenn man mal fünfundzwanzig Jahre
zurückdenkt. Habe ich noch alles genau so in
Erinnerung, als wenn es gestern gewesen wäre?
Na ja, zumindest das Wichtigste. Nur gut, dass
man nicht weiß, wann es wirklich soweit ist. Aber
deswegen den Gedanken daran einfach verdrängen, einfach so tun, als ginge es hier unten ewig
weiter? Nein! Irgendwann ist es ja doch soweit,
bei jedem von uns, ausnahmslos. Die einzige Ge-
rechtigkeit sozusagen. Also doch darauf vorberei-
ten? Aber wie? Würde es überhaupt etwas nützen,
ich meine, den Vorgang an sich etwas leichter
machen? Oder machst du es damit am Ende sogar
noch schlimmer? Am Ende ... das ist gut!

Ach, hör auf, was soll das. Diese bescheuerten
Grübeleien bringen doch nichts. Wo zum Teufel
ist eigentlich der Sportteil?

# DER TOD KOMMT PÜNKTLICH

„Nicht jetzt, Frau Schneider, ich hatte doch ausdrücklich darum gebeten, heute Abend nicht mehr gestört zu werden", rief Edwin Heilmann mit deutlicher Verärgerung in der Stimme in Richtung Vorzimmer, nachdem es an der Tür zu seinem Büro bereits zweimal geklopft hatte, einen Tick zu heftig, wie er fand. Er war es gewohnt, dass Frau Schneider seine Anweisungen strikt befolgte. Umso ungehaltener war er jetzt über diese Unterbrechung, denn schließlich arbeiteten sie beide schon über vierzig Jahre zusammen. Eigentlich wollte seine Sekretärin schon vor drei Jahren in Rente gehen, aber er hatte sie überreden können, doch noch ein Jahr dranzuhängen, und dann noch eins. Irgendwann hatte sie ihn gefragt: „Wie lange wollen Sie mich denn noch hier festhalten und um meinen wohl verdienten Ruhestand bringen?" Doch das war von ihr nicht wirklich ernst gemeint, denn auch sie lebte wie er alleine und war froh, weiter bei ihm arbeiten zu können.

„Nicht mehr lange, Frau Schneider ich gehe mit hundert in Rente. Dann suchen wir beide uns ein schönes Seniorenheim aus und rühren dort keinen Finger mehr", hatte er darauf erwidert, worauf sie zurückkonterte: „Na schön, das sind ja bloß noch neunzehn Jahre." Sie hatten sich beide köstlich über diesen Dialog amüsiert. Er wollte sich einfach noch nicht von Frau Schneider trennen, nicht nur, weil er mit ihr sehr zufrieden war, sondern weil er auch personelle Veränderungen hasste, verbunden mit lästigen Eingewöhnungs- und Einarbeitungszeiten, die ihn nur unnütze Zeit und Nerven und letztlich auch Geld kosteten.

Seine deutlich hörbare Ermahnung hatte offensichtlich Wirkung gezeigt, denn Frau Schneider wartete beim Anklopfen sonst nie eine Reaktion von ihm ab, sondern stürmte dann in einer für ihr Alter erstaunlichen Geschwindigkeit mit Post und Akten auf den Armen herein und legte sie ihm wortlos auf seinen Schreibtisch. *Neue Vorgänge immer rechts oben von mir aus gesehen, damit nichts durcheinander gerät*, hatte er ihr bei der Einstellung damals beigebracht, und daran hielt sie sich auch. Er war noch immer etwas verärgert darüber, dass sie ihn bei den intensiven Vorbereitungen für dieses wirklich schwierige Mandat stören wollte, das er von Johannes, seinem Partner und einzigen Kollegen in der Anwaltskanzlei Heilmann & Partner kurzfristig übernehmen musste, weil dieser wegen einer Erkrankung ausgefallen war. Jetzt saß er da und musste diesen dicken Aktenordner an seiner Stelle studieren. Morgen früh um zehn Uhr war die Verhandlung, und er hatte sich erst vor einer Stunde mit dem Fall beschäftigen können. Er musste sich unbedingt noch mit dem Mandaten wegen ein paar Rückfragen in Verbindung setzen. Gerade als er deshalb den Telefonhörer in die Hand nehmen wollte klopfte es erneut. „Verdammt noch mal, jetzt reicht's aber", entfuhr es ihm. Er legte den Hörer wieder auf, ging zur Tür und riss diese hastig auf. Doch vor der Tür stand nicht seine Sekretärin, sondern ein elegant gekleideter Herr in einem dunklen Nadelstreifenanzug.

„Wer sind Sie, und wo ist Frau Schneider?", fragte er.

Der Fremde nickte ihm freundlich zu und sagte: „Guten Abend, Herr Heilmann. Sie sind doch Herr Heilmann, Herr Edwin Heilmann meine ich."

„Ja, bin ich, Dr. Edwin Heilmann, um genau zu sein", reagierte er etwas ungehalten darauf.

„Entschuldigen Sie bitte, Herr Dr. Heilmann, aber ein akademischer Titel ist in meinen Unterlagen leider nicht erfasst worden."

„Ist ja auch nicht so wichtig. Der Titel steht übrigens auch auf dem Namensschild an der Tür", erwiderte er und musterte den Fremden eingehend. *Vermutlich ein neuer Kunde, oder jemand, den Johannes vertritt. Du musst jetzt einfach etwas freundlicher sein,* nahm er sich selbst in die Pflicht. „Hat Sie Frau Schneider hereingelassen? Wo steckt sie denn überhaupt?"

„Sie meinen wohl Ihre Sekretärin", erwiderte der Fremde.

Heilmann nickte.

„Ich nehme an, sie ist nach Hause gegangen, vor zehn Minuten etwa."

„Nach Hause, und da lässt sie Sie hier so einfach im Wartezimmer alleine zurück? Das bin ich von ihr ja überhaupt nicht gewohnt", sagte Heilmann und schüttelte den Kopf.

„Sie hat mich ja nicht gesehen."

„Nicht gesehen, das gibt es ja wohl nicht", brummte der Anwalt. „Wie auch immer, wenn Sie sich noch einen kleinen Moment hier draußen gedulden würden. Ich habe noch ein wichtiges Telefonat zu führen und dann stehe ich ganz zu Ihrer Verfügung."

„Selbstverständlich, Herr Dr. Heilmann", erwiderte der Fremde mit einer angedeuteten Verbeugung und zog sich ins Wartezimmer zurück, während der Anwalt in sein Büro zurückging und die Tür hinter sich zuzog.

Es fiel ihm plötzlich schwer, sich wieder auf seine Arbeit zu konzentrieren, vielleicht auch, weil er schlagartig eine merkwürdige Müdigkeit verspürte. *Es ist sicher schon spät*, dachte er sich. Doch als sein Blick zu der alten Standuhr fiel, die er vor Jahren auf einem Antiquitätenmarkt gekauft hatte und die bisher immer zuverlässig die Zeit angezeigt hatte, bemerkte er, dass die Zeiger auf sieben Uhr abends stehen geblieben waren. Frau Schneider hatte in der Hektik heute Morgen wohl vergessen hatte, die Uhr aufzuziehen. Nachdem er das Gespräch mit seinem Mandanten geführt und sich noch ein paar ergänzende Notizen dazu gemacht hatte, ging er zur Tür und bat den Fremden herein.

„Entschuldigen Sie bitte, Herr ..., wie war noch mal Ihr Name?", fragte er und bot seinem Gegenüber mit einer Handbewegung Platz vor dem schweren Schreibtisch aus massivem Eichenholz an. Er hatte ihn, wie das gesamte stilvolle Mobiliar in seinem Arbeitszimmer, vor langer Zeit vom ursprünglichen Inhaber der Kanzlei übernommen und seither auch nichts verändert.

Der Fremde ging auf seine Frage nicht ein und erwiderte: „Wir hatten einen Termin für heute Abend um neunzehn Uhr vereinbart."

„Einen Termin für heute Abend? Das kann nicht sein. Warten Sie bitte, ich schaue mal in meinem Terminkalender nach", sagte er und beugte sich über den Schreibtisch. Er ließ sich von Frau Schneider alle Termine auf einen Wochenkalender eintragen, der stets griffbereit vor ihm auf dem Schreibtisch lag. „Nein, hier ist nichts erfasst worden. Kann es vielleicht sein, dass Sie mit meinem Partner, also mit Herrn Friedrich ...“

„Nein“, unterbrach ihn der Fremde, „ein Irrtum ist ausgeschlossen.“

„Ausgeschlossen sagen Sie, aber wann haben wir den Termin denn vereinbart, und worum geht es denn überhaupt?“

„Warten Sie bitte, da muss ich mal nachschauen.“ Der Mann zog ein Smartphone aus dem Jackett. „Hier steht es“, sagte er nach ein paar Sekunden, „das war am fünften Juli neunzehnhundertvierunddreißig.“

Heilmann quittierte diese Antwort mit einem schallenden Lachen. Er schien sich köstlich darüber zu amüsieren. „Das ist wirklich gut“, brachte er nur mühsam hervor. „Ich sag´s ja immer, diese modernen Geräte soll der Teufel holen, es geht einfach nichts über einen richtigen Kalender wie meinen hier. Ich hoffe, Sie haben noch Garantie auf dieses Meisterwerk der Technik.“

Etwas irritiert erwiderte der Fremde: „Das Gerät ist völlig in Ordnung, ich sagte es Ihnen bereits, ein Irrtum ist ausgeschlossen.“

„Nun, dann haben Sie sich vielleicht beim Eingeben vertippt. Das wäre ja kein Wunder bei diesen Minitasten."

„Nein, ich gebe nichts selbst ein, ich bekomme meine Termine automatisch übermittelt."

„Na dann ... dann ist es vermutlich ein Übermittlungsfehler."

Der Fremde schüttelte den Kopf. „Das ist unmöglich."

Der Mann ging Heilmann allmählich auf den Wecker. „Jetzt überlegen Sie doch bitte selbst einmal. Ihr Datum liegt fast zweiundachtzig Jahre zurück. Da war ich ja überhaupt noch nicht geboren."

Sein Gegenüber nickte. „Korrekt, das muss auch vor Ihrer Geburt gewesen sein."

Heilmann stutzte. Der Mann wurde ihm langsam unheimlich. „Woher wissen Sie denn das?", fragte er.

„Nun, das trifft in allen Fällen zu, ausnahmslos."

„Was meinen Sie mit .... Fällen?"

„Oh, verzeihen Sie, das können Sie natürlich nicht verstehen. Ich will damit sagen, dass der verabredete Termin bei allen meinen Kunden vor der Geburt festgelegt worden ist.

„Aber jetzt seien Sie doch mal vernünftig, guter Mann. Kein Mensch kann vor seiner Geburt einen Termin vereinbaren, und überhaupt, was denn für einen Termin?"

Der Fremde nickte. „Sie haben Recht, Herr Dr. Heilmann, das kann kein Mensch."

Heilmann triumphierte innerlich. „Na also, das sagte ich doch", erwiderte er.

„Aber sein Geist kann es", bekam er zur Antwort.

„Sein Geist, was meinen Sie denn damit, um Himmels Willen", stöhnte Heilmann auf. Er hatte es hier offensichtlich mit einem Verrückten zu tun.

Der Fremde schüttelte den Kopf. „Sie irren, ich bin nicht verrückt."

Heilmann brach der Angstschweiß aus. „Aber ... ich habe doch jetzt überhaupt nichts gesagt", stammelte er.

„Nicht nötig, ich verstehe es auch so."

„Sie können doch nicht etwa Gedanken lesen?" Der Anwalt erhielt nur ein stummes Nicken als Reaktion darauf. Eine schreckliche Ahnung beschlich ihn. *Das ist doch nicht etwa der ...*

Er hatte den Gedanken noch nicht einmal zu Ende geführt, als der Fremde erwiderte: „Sie haben offenbar noch ein völlig veraltetes Bild von meiner Gestalt im Kopf. Es ist noch immer weit verbreitet, eine furchterregende Gestalt in einer schwarzen Kutte, die Kapuze tief im Gesicht und in der rechten Hand eine Sense. Ist es nicht so? Bei Menschen in Ihrem Alter ist das nichts Ungewöhnliches, aber Sie werden sicher verstehen, dass man es sich auch in meinem Beruf nicht erlauben kann, dem Zeitgeist hinterherzuhinken, um es mal anschaulich zu formulieren."

Der Anwalt war wie gelähmt und brachte zunächst kein Wort heraus. Doch dann besann er sich auf seine anwaltlichen Qualitäten, gab sich einen Ruck und erwiderte: „Tut mir sehr leid, aber ich muss Sie jetzt wirklich bitten, zu gehen. Ich habe morgen einen schwierigen Fall zu lösen und muss mich dringend mit den Vorbereitungen dafür befassen. Ich schlage vor, Sie rufen morgen noch einmal hier an und lassen sich von Frau Schneider einen neuen Termin geben."

Der Fremde schüttelte den Kopf. „Das geht leider nicht, unser Termin ist unaufschiebbar."

Unaufschiebbar hatte er gesagt und der Anwalt spürte auf einmal, dass dem wohl auch so sein würde. Dennoch wollte er so schnell noch nicht aufgeben. „Sie sehen doch selbst, wie viel unerledigte Fälle hier noch auf meinem Tisch liegen. An jedem Fall hängt das Schicksal eines Menschen, und meine Aufgabe ist es, den Menschen zu helfen. Deshalb bitte ich Sie nochmals um ..."

Wieder wurde er mitten im Satz unterbrochen. „Ihre Aufgabe hier ist erfüllt, doch an anderer Stelle warten neue Aufgaben auf Sie."

„Andere Aufgaben sagten Sie, an anderer Stelle? Ja welche denn, und wo?"

„Kommen Sie bitte mit ans Fenster, ich zeige Ihnen wo", erwiderte der Fremde und führte den alten Mann, dem der Puls plötzlich zu rasen begann, ans Fenster. „Sehen Sie dort hinten", hörte er ihn sagen und sah hinaus. Weit draußen am Horizont sah er ein strahlendes weißes Licht, das synchron mit dem Takt seines Herzens zu pulsieren schien und ihn mit einer grenzenlosen Liebe und Sehnsucht zugleich erfüllte. Doch allmählich verlangsamte sich der Rhythmus dieses Lichtes, zu dem er sich wie magisch angezogen fühlte.

„Oh Gott, was passiert jetzt mit mir? Ich habe Angst", kam es kaum hörbar über Heilmanns Lippen.

„Das brauchen Sie nicht, Herr Dr. Heilmann, denn ich werde Sie auf Ihrem Weg dorthin begleiten."

„Und dort, was ist dort?"

„Dort wird sich alles Weitere finden."

Der Anwalt wagte den Fremden kaum anzuschauen. „Wird es denn wehtun, ich meine den Übergang?"

„Nein, das wird es nicht."

Heilmann verspürte auf einmal den unbändigen Drang, alles loszulassen. „Dann lassen Sie uns gehen, jetzt gleich", erwiderte er.

Der Fremde nickte stumm.

„Aber wie kommen wir denn dort hin? Ist es denn noch weit?", brachte Heilmann kaum hörbar über die Lippen.

„Machen Sie sich darüber bitte keine Sorgen", hörte er ihn noch sagen, bevor ihm schwarz vor Augen wurde und er leblos zu Boden sackte.

# ZAUBERWELT

„Wie geht es Ihnen denn heute Morgen?", fragte Dr. Raber und setzte sich auf den Besucherstuhl neben Frau Pauls Krankenbett.

Helga Paul war noch erschöpft von der Operation am Vortag. Ein Bypass am Herzen musste gelegt werden, weil aufgrund einer Arterienverkalkung Teilbereiche des Herzmuskels nicht mehr richtig durchblutet wurden. Sie nickte dem relativ jungen Arzt freundlich zu. Ein merkwürdiger Glanz lag in ihren Augen. „Ich bin zwar noch ziemlich schlapp, aber es geht mir nicht schlecht. Und die Schmerzen sind auch erträglich. Vielen Dank, Herr Doktor, dass Sie mir das Leben gerettet haben, auch wenn ich viel lieber dort oben geblieben wäre", erwiderte sie und warf einen vielsagenden Blick Richtung Zimmerdecke.

Dr. Raber war etwas irritiert über diese ungewöhnliche Bemerkung, versuchte sie aber zu überspielen. „Was heißt denn schon, das Leben gerettet, Frau Paul? Nein, es war eine ganz normale OP am Herzen, eigentlich nichts besonders, und außer mir waren ja noch ein paar Kolleginnen und Kollegen dabei, die mindestens genau so viel …"

„Oh nein", unterbrach ihn die Patientin, „wenn Sie nicht gewesen wären, dann könnte wir uns jetzt nicht miteinander unterhalten. Das wissen Sie doch ganz genau."

Dem Arzt war die wachsende Verunsicherung deutlich anzumerken. Sollte ihr jemand vom Klinikpersonal etwas über die Komplikationen während der Operation erzählt haben, als sie mehrere Male vergeblich versucht hatten, ihr Herz wieder in Gang zu setzen? Als die anderen schon aufgeben wollten, ließ er jedoch nicht locker und versuchte immer wieder, ihr Herz mit elektrischen Impulsen zum Schlagen zu bringen, was ihm nach einer gefühlten Ewigkeit tatsächlich auch gelungen war. „Hat denn schon jemand mit Ihnen über den OP-Verlauf gesprochen? Ich muss zugeben, es gab da zwar zwischendurch ein kleines Problem, aber …"

Frau Paul schüttelte den Kopf. „Nein, noch nicht, aber ich weiß es trotzdem."

Dr. Raber überlegte krampfhaft, wie er darauf reagieren sollte. Sein Blick schweifte in Richtung Fenster, wo heftiger Regen gegen die Scheibe prasselte und sich Regentropfen ihren Weg mäanderförmig nach unten bahnten.

„Ich habe alles genau beobachtet", hörte er die Patientin sagen.

„Wie meinen Sie das, Frau Paul?"

„Ich weiß nicht, wie ich es Ihnen erklären soll, aber ich habe alles von oben mitverfolgen können."

Dr. Raber starrte sie entgeistert an. *Sie scheint offenbar geistig verwirrt zu sein?,* kam ihm plötzlich in den Sinn.

Als ob die Patientin das geahnt hätte, erwiderte sie: „Auch wenn Sie mich jetzt für verrückt erklären, ich konnte meinen eigenen Körper sehen und die Operation mitverfolgen. Ich spürte keinerlei Schmerzen und ein wunderbares Gefühl von Liebe und Friede umgab mich. Ich sah, wie Sie hektisch versuchten, mich ins Leben zurückzurufen, doch ich wollte überhaupt nicht mehr zurück in diesen kranken Körper. Ich habe Ihnen zugerufen, dass Sie mich gehen lassen sollen, aber keiner von Ihnen hat darauf reagiert, und dann …" Sie stockte plötzlich. Ein paar Tränen liefen ihr über die Wangen.

„Was ist denn plötzlich mit Ihnen? Haben Sie Schmerzen, Frau Paul?", fragte der Arzt besorgt.

Sie schüttelte den Kopf. „Nein, aber das, was ich dann erlebt habe, war einfach überwältigend, unbeschreiblich schön. Ich kann das eigentlich gar nicht richtig in Worte fassen."

„Versuchen Sie es trotzdem. Bitte, Frau Paul."

Sie schien ein paar Sekunden lang nach Worten zu ringen, dann erzählte sie weiter. „Obwohl mein Körper ja dort unten auf dem OP-Tisch lag, hatte ich trotzdem noch einen Körper, aber einen anderen. Er war … ja, er war federleicht und fast durchsichtig. Ich fühlte mich jung und gesund wie zu meinen besten Zeiten hier auf der Erde. Dann hob mich eine Kraft sanft nach oben, durch die Decke hindurch in eine Art Tunnel, an dessen Ende ich ein strahlend helles Licht sah, das mich magisch anzog. Es strahlte viel heller als die Sonne, aber es blendete mich überhaupt nicht. Ich wurde von einem unbeschreiblichen Glücksgefühl und von Liebe förmlich durchflutet. Obwohl das Schweben in diesem Tunnel rasend schnell erfolgte, war es dennoch nicht unangenehm. Als ich am Ende angelangt war, tauchte ich förmlich in dieses Licht ein und wollte für immer mit ihm vereint bleiben. Ich wusste, dass dieses Licht Gott ist. Es zeigte mir eine wunderschöne Landschaft mit saftigen Wiesen, Bäumen und Pflanzen, Alles strahlte in leuchtenden Farben, wie ich sie hier auf der Erde noch nie gesehen habe. Und ich sah Wesen, die mir entgegenkamen und mich mit einer Herzlichkeit begrüßten, die man nicht beschreiben kann. Mein verstorbener Mann, meine Eltern und Großeltern und viele Verwandte und Freunde waren da. Selbst das kleine Mädchen, das mir vor langer Zeit im Mutterleib gestorben ist, war gekommen, aber nicht als Fötus, sondern als eine hübsche erwachsene Frau, die ich dennoch sofort erkannte. Nicht nur das, Sie werden es nicht glauben, auch alle meine verstorbenen Tiere waren zur Begrüßung gekommen. Die Hunde, Katzen und Meerschweinchen strichen mir um die Beine und meine Kanarienvögel und Wellensittiche schwirrten um mich herum. Ich spürte genau, dass dieser unbeschreiblich schöne Ort meine wahre Heimat ist, und das schon seit ewigen Zeiten. Ich wollte für immer hier bleiben, doch das wunderbare Licht gab mir zu verstehen, dass meine Zeit hier auf der Erde noch nicht zu Ende wäre und ich noch etwas Wichtiges zu erledigen hätte. Erst dann könne ich wieder hierher zurückkommen. Auch einen Film über mein ganzes Leben hat es mir gezeigt, mit allen wichtigen Ereignissen, selbst wenn ich sie zu Lebzeiten nicht als so wichtig empfunden habe. Ich habe nicht nur alles gesehen, sondern auch alle damaligen Empfindungen wieder gespürt, nicht nur von mir selbst, sondern auch von all denen, mit denen ich zu tun hatte. Wenn ich damals jemand verletzt oder schlecht behandelt habe, dann habe ich auch gespürt, was der andere dabei empfunden und wie er darunter gelitten hat. Das Licht hat mir zu verstehen gegeben, dass das Wichtigste für uns Menschen hier auf der Erde ist, zu lernen, dass uns nur die Liebe zu allen Lebewesen auf unserem Planeten wieder zu Gott und damit für immer in diese wunderschöne geistige Heimat zurückverhelfen kann." Danach schwieg sie eine Weile und starrte den Arzt fragend an. „Was sagen Sie dazu, Herr Doktor?"

Krampfhaft überlegte der, was er der alten Frau zur Antwort geben sollte. „Nun ja, ich vermute mal, dass Sie nach der OP, mit Sicherheit auch noch beeinflusst von der Narkose und den schmerzstillenden Mitteln, eine Art Traum hatten, einen wunderschönen Traum übrigens, wenn Sie mir die Bemerkung gestatten.

„Nein, das ist unmöglich!"

„Und wieso?"

„Weil ich Ihnen haarklein erzählen könnte, was alles ab einem bestimmten Moment im Krankenhaus passiert ist, was Sie alle getan und gesagt haben. Nicht nur im OP, sondern überall im Krankenhaus. Das war mit Sicherheit kein Traum."

„Na ja, es könnten auch medikamentös ausgelöste Halluzinationen sein, aber auf diesem speziellen Gebiet kenne ich mich offen gestanden nicht besonders gut aus."

„Und was ist mit dem Schlüssel von Ihrem Schrank im Arztzimmer?"

Dr. Raber verschlug es die Sprache, denn den Schlüssel suchte er seit gestern vergeblich und hatte deshalb auch nach der OP in Arztkleidung zu später Stunde mit dem Taxi nach Hause fahren müssen, da er weder an seine eigenen Kleider noch an seine Wagen- und Wohnungsschlüssel kam, die im Schrank lagen. Doch er ließ sich nichts anmerken und fragte scheinbar belanglos zurück: „Was meinen Sie denn mit dem Schlüssel?"

„Na den, der Ihnen gestern aus Ihrer Hose gerutscht und in das fahrbare Gestell der Herz-Lungen-Maschine gefallen ist, als Sie sich so intensiv mit mir beschäftigt haben."

Der Arzt starrte sie entgeistert an, dann sprang er auf und verließ hastig das Zimmer. Nach einer Weile kam er zurück und hielt einen Schlüssel hoch. „Ich habe selbst im OP nachgeschaut, aber dort leider nichts gefunden. Aber bei der Reinigung des OP-Raums hat ihn tatsächlich jemand vom Reinigungspersonal entdeckt, und zwar wohl dort, wie Sie es eben beschrieben haben. Ein ungewöhnlicher Zufall zwar, aber ich bin Ihnen trotzdem sehr dankbar, dass Sie mich mit Ihrer wunderschönen Zauberweltgeschichte überhaupt auf die Idee gebracht haben, im OP danach zu suchen. Aber glauben Sie jetzt bitte nicht, dass ich …"

„Ich weiß, was Sie jetzt sagen wollen", unterbrach ihn die Patientin, „dass auch das für Sie kein Beweis dafür ist, was ich Ihnen gerade erzählt habe. Doch für mich ist es kein Traum, keine Illusion und auch keine Halluzination gewesen, sondern ein reales Erlebnis. Und ich glaube, ich weiß jetzt auch ganz genau, was ich hier unten noch zu erledigen habe. Gleich nach der Entlassung aus dem Krankenhaus werde ich Kontakt zu meiner jüngeren Schwester aufnehmen. Wir sind seit vielen Jahren wegen einer Erbschaftsgeschichte zerstritten und haben uns bestimmt schon über zehn Jahre nicht mehr gesehen. Ich habe damals einen großen Fehler gemacht und sie sehr ungerecht behandelt. Ich werde sie um Verzeihung bitten und kann nur hoffen, dass sie mir vergibt. Und dann, lieber Herr Doktor, hoffe ich, dass mich der liebe Gott möglichst bald bei sich, in … wie sagten Sie eben, wieder in diese wunderschöne Zauberwelt einlassen wird.

*Anmerkung: Dies ist „nur" eine fiktive Geschichte, die jedoch alle wesentlichen Elemente einer typischen Nahtoderfahrung enthält. Einer wissenschaftlichen Umfrage zufolge hatten alleine in Deutschland rund 4 % der Bevölkerung, und damit über 3 Millionen Menschen, bereits ein entsprechendes Nahtoderlebnis.*

# LIEBER GOTT, MACH MICH FROMM

Es ist schon viele Jahrzehnte her, und trotzdem erinnere ich mich noch immer gerne an das Gute Nacht Gebet, das meine Mutter mir als kleinem Knirps jeden Abend im Bett abverlangte. Nur wenn ich es aufsagte, kam sie meiner Bitte nach, die Tür zum Schlafzimmer einen kleinen Spalt aufzulassen, weil ich Angst im Dunkeln hatte. Daher Grund genug für mich, es jeden Abend herunterzubeten, wenn auch eher nicht mit großer Inbrunst:

*Lieber Gott, mach mich fromm*
*dass ich in den Himmel komm.*
*Amen!*

Es war kurz und man konnte es sich leicht merken, sogar als Dreijähriger. Ich habe mir damals allerdings keine großen Gedanken über Sinn und Zweck dieser Übung gemacht, von der Türöffnerfunktion mal abgesehen.

Nein, wie einem der liebe Gott fromm macht und was das überhaupt ist, das Frommsein, hatte mich offen gestanden nicht sonderlich interessiert. Und in den Himmel wollte ich damals auch noch nicht. Stattdessen wäre ich viel lieber wieder aufgestanden und hätte mit meinen Freunden gespielt. Wie im Spielzeughimmel hätte ich mich dann zumindest gefühlt.

Lange Zeit war dieser naive Gebetswunsch eines kleinen Jungen an den lieben Gott aus meinem Gedächtnis verschwunden. Wie ausgelöscht sozusagen, denn ich hatte mit zunehmendem Alter weitaus Wichtigeres im Sinn, nämlich einen Beruf zu erlernen, zu studieren, eine Frau fürs Leben zu finden, Kinder in die Welt zu setzen, ein Haus zu kaufen, berufliche Weiterentwicklung und vieles mehr. Das übliche Lebensprogramm halt, das im Kopf keinen Platz für ein simples Kindergebet ließ.

Doch dieses Programm ist längst abgearbeitet. Über fünf Jahre bin ich nun schon zu Hause und darf die Rente „genießen", wobei ich mir das im Berufsleben immer als etwas traumhaft Schönes vorgestellt habe. Keine Aufgaben, keine Verpflichtungen, keinen Stress, keinen Ärger, keine Probleme mehr und ausschlafen, so lange man will. Doch im Leben kommt es erstens bekanntlich anders, und zweitens, als man denkt. Ja, du hast sie, die heiß ersehnten Freiheiten, aber erst jetzt merkst du so richtig, wie wichtig eine Lebensaufgabe ist, wie wichtig es ist, gebraucht zu werden, wie wichtig sie sind, die sozialen Kontakte, selbst mit so manchen Kollegen, auf die du im Berufsleben früher liebend gerne verzichtet hättest.

Du merkst aber auch, dass die Rente kein Geschenk ist, zumal du sie dir mit hohen Beiträgen zur Rentenversicherung während deines Berufslebens ohnehin teuer erkauft hast. Sie ist aber auch aus anderen Gründen kein Geschenk, sondern den zunehmenden Gesundheitsproblemen im Alter geschuldet, die du in der zweiten Hälfte der Sechziger weitaus mehr spürst, als du es dir in jungen Jahren hättest vorstellen können.

Ich selbst darf diesbezüglich aber auf keinen Fall jammern, denn ich bin noch relativ fit, mit Siebzig. Siebzig, echt schon siebzig? Unglaublich! Ich war doch gestern erst siebzehn, als ich sie kennengelernt habe, die Frau meines Lebens, die seit fast 50 Jahren, wie sagt man, Tisch und Bett mit mir teilt, wofür ich sehr dankbar bin. Daher noch einmal, ich kann mich wirklich nicht beklagen, auch wenn ich nicht mehr so gut sehe und höre wie früher, aber sonst ... Auf Holz klopfen, dass es so noch möglichst lange bleibt! Aber wie lange? Mit siebzig wird es jeden Tag überschaubarer, fürchte ich. Und die Blicke zum Himmel häufen sich, wobei ich wohl dank der schlechten Augen nicht zu erkennen vermag, ob das Himmelstor schon geöffnet ist für einen wie mich.

Aber es geht ja nicht nur um mich und meine Familie, sondern auch um einige Verwandte, Bekannte und Nachbarn, denen der Zahn der Zeit weitaus mehr zugesetzt hat, als mir selbst. Viele sind richtig krank, können sich kaum noch bewegen und sind schon ihren letzten Weg gegangen. Aber wohin führt er, dieser letzte Weg? Direkt in den Himmel? Aber da kommt man doch nur hin, wenn man fromm ist oder ein Frommer war.

Und schlagartig ist es wieder in meinem Kopf, das Kindergebet aus längst vergangenen Zeiten. Wie sieht die Frommsein-Bilanz eigentlich aus bei mir? Na ja, immerhin habe ich mir nichts Schwerwiegendes zuschulden kommen lassen! Das dürfte doch eigentlich dafür sprechen, oder? Aber war ich auch immer ehrlich, habe ich nie gelogen? Mit Sicherheit nicht! Habe ich im Leben immer alles richtig gemacht? Mit Sicherheit nicht! War ich immer lieb und freundlich zu meinen Mitmenschen, immer hilfsbereit, immer für sie da, wenn sie mich gebraucht hätten? Mit Sicherheit nicht!

Verdammt, diese Frömmigkeitsbilanz fängt an, mir ernsthaft Sorgen zu bereiten. Nur, welche Chancen habe ich noch, aus den Miesen zu kommen, also aus den roten Zahlen schwarze zu machen, und das mit Siebzig? Wie viel Zeit bleibt mir noch dafür, und was ist eigentlich das Geheimnis dieser Frömmigkeit im Kindergebet? Ab jetzt jeden Tag in die Kirche und inbrünstig zum lieben Gott beten? Natürlich keine Kindergebete, sondern etwas Anspruchsvolleres, etwas für richtig Fromme, ein *Vater Unser,* ein *Gegrüßet seist du, Maria* oder den Rosenkranz? Nur, die Texte habe ich längst nicht mehr im Kopf, allenfalls in Bruchstücken.

Okay, so etwas lässt sich auch wieder lernen, aber wäre das wirklich der Weisheit letzter Schluss? Würde das dem Schöpfer da oben auch wirklich imponieren, bei ihm Wohlgefallen und ein Öffnen des Himmelstors auslösen? Nein, ich glaube, so billig ist die Eintrittskarte ins Paradies nicht zu haben. Da muss schon mehr kommen, viel mehr vermutlich. Aber was?

Etwa all sein Hab und Gut an Bedürftige verschenken? Sich nur noch um das Wohl der anderen kümmern, soweit man dazu noch in der Lage ist? Alles den Abermillionen auf diesem Planten zukommen lassen, denen es nicht annähernd so gut geht wie mir, die unter Hunger, Durst und Grausamkeiten leiden müssen? Nicht nur den Menschen, sondern auch den unzähligen Tieren, die wir täglich auf barbarischste Art und Weise abschlachten lassen, nur weil wir so gerne Wurst und Fleisch essen, möglichst viel und möglichst billig? Nicht zu vergessen die Natur, die wir systematisch ausbeuten und zerstören?

Oh ja, die Frömmigkeitsbilanz der Menschheit ist ebenfalls niederschmetternd, für (fast?) jeden von uns. Mit fromm sein hat das alles nicht das Geringste zu tun, so viel steht fest. Im Gegenteil! Aber wie kriege wenigstens ich noch die Kurve zum Himmelstoröffner Frommsein? Keine Ahnung! Vielleicht etwas weniger wollen und fordern vom Leben, etwas genügsamer sein, etwas freundlicher, liebevoller und hilfsbereiter sein zu anderen, etwas mehr abgeben von dem, was man besitzt für diejenigen, die nichts oder so viel weniger besitzen?

Doch wäre das nicht nur ein Tropfen auf den heißen Stein? Auf den einzelnen bezogen sicherlich, aber besteht das weite Meer nicht auch aus einer unendlich großen Zahl von kleinen Wassertropfen, oder eine Wüste nicht aus einer unendlichen großen Zahl von winzig kleinen Sandkörnern? Können wir nicht auch von den Tieren lernen, selbst von den Allerkleinsten? Eine Ameise oder eine Biene zum Beispiel, die sich ein Leben lang uneingeschränkt in den Dienst ihres ganzen Volkes stellen und davon selbst profitieren?

Hat uns nicht auch ein unendlich kleines Virus namens Corona sehr eindrucksvoll dokumentiert, welch ungeheure Macht es auf alle Menschen dieser Erde auszuüben vermag? Ihm ist etwas gelungen, woran selbst die stärkste Armee scheitern würde. Es hat uns alle zum Rückzug und zur Isolierung gezwungen. Und trotzdem, davon bin ich überzeugt, sollten wir dieses gefährliche Virus auch als Chance begreifen, so absurd es auch „auf den ersten Blick" erscheinen mag. Ja, Corona ist eine echte Chance, und zwar zum Umdenken und Umlenken in unserem egoistischen Streben nach immer mehr für sich selbst, und damit nach immer weniger für alle anderen.

Liegt nicht darin das ganze Geheimnis der Frömmigkeit, der Türöffnerfunktion zum Himmel? Etwas Besseres fällt mir jedenfalls nicht ein zu

*Lieber Gott, mach mich fromm*
*dass ich in den Himmel komm.*
*Amen!*

# EIN STINKNORMALES LEBEN

Schon über siebzig Jahre auf dem Buckel, und noch immer nicht in der Lage, endlich mit dem Schreiben meiner Autobiografie zu beginnen. *Spätestens einen Tag nach deinem Siebzigsten fängst du damit an,* hatte ich mir jedenfalls fest vorgenommen, *schließlich weißt du ja nicht, wie lange dir noch hier unten vergönnt ist.*

Ich will alles aufschreiben für meine Kinder und meine Enkel. Na ja, fast alles, aber es soll zumindest nichts Wichtiges verloren gehen von dem, was ich erlebt und erfahren habe in meinem Leben. Wie gerne hätte ich selbst mehr gewusst von meinen Großeltern, die ich väterlicherseits leider nie kennengelernt habe, weil sie schon tot waren, als ich auf die Welt kam. Auch vom Opa mütterlicherseits, der im 1. Weltkrieg gefallen ist, gibt es nur ein paar Feldpostbriefe in wunderschöner Schrift, die stets mit dem Satz endeten: „Gott strafe England!"

Auch die Lebensgeschichte von Mama und Papa ist nur lückenhaft in meiner Erinnerung. Papas Kriegserlebnisse, die mich als kleinen Jungen immer so fasziniert haben, sind leider nur noch in Bruchstücken in meinem Gedächtnis, sodass ich sie nicht mehr aufzuschreiben vermag. Und Mama hat über vieles in ihrem Leben geschwiegen. Doch ich kann sie jetzt beide nicht mehr fragen, schon lange nicht mehr.

Und deshalb will ich es noch zu Lebzeiten zwischen zwei Buchdeckel pressen, mein Leben. Ein stinknormales Leben, um ehrlich zu sein. So stelle ich mir auch den Buchtitel vor. Aber eine Autobiografie, von der es nicht mehr als den Buchtitel gibt? Eine Mogelpackung, nichts weiter!

*Aller Anfang ist schwer, aber jetzt fang doch wenigstens mal an, dein Leben im Zeitraffertempo zu skizzieren*, kommt mir plötzlich in den Sinn. Also gut!

1950 in Sinnerthal geboren. Erste Erinnerungen als Dreijähriger an einen schmerzhaften Hundebiss, an eine Kahnfahrt mit den Eltern, an Angst vor dem schwankenden Boden unter mir, an große Aufregung im kleinen Ort wegen der Heimkehr von Kriegsgefangenen aus Russland.

1956 Umzug nach Neunkirchen, Einschulung, Abenteuerspielplätze in Bauruinen, Mahnmale eines schrecklichen Krieges. Schwarz-Weiß-Fernseher mit Münzeinwurf bei einem Freund, der wohl nur deshalb mein Freund war. *Lassie* und *Am Fuß der blauen Berge*, später *Bonanza*.

1961 Aufregung überall wegen eines Mauerbaus in Berlin. Keine Ahnung warum, wo doch überall Mauern gebaut wurden, damals.

Wieder Aufregung, doch diesmal nur zu Hause, weil die ältere Schwester mit einem Ami geht, von ihm auch noch zwei Kinder bekommt, uneheliche natürlich, und 1964 mit ihm in die Staaten fliegt. Mama weint zwei Stunden ununterbrochen auf der Rückfahrt vom Frankfurter Flughafen um ihre Tochter und die geliebten Enkelkinder.

Schwarz-Weiß-Fernseher jetzt auch zu Hause, zwei Programme stundenweise. Ein riesiger Kasten. Mit der Antenne ständig durchs Zimmer auf der Suche nach Empfang. Boxkämpfe von Cassius Clay zu nachtschlafender Zeit mit Papa. Einzigartig wie die Bundesliga im Ellenfeld, oft weit über 20.000 Zuschauer, dazu 5.000 auf der Wiese hinter der Gegengeraden. Begeisterung, Jubel, Abstiegstränen.

Die erste große Liebe mit 17, sie hält bis heute. Ausbildung zum Elektriker, davon ein Jahr Untertage. Nichts für mich, ganz ohne Sonnenlicht. Finster auch die Mondlandung 1969, wieder bis tief in die Nacht in Schwarz-Weiß mit Papa. Ich kann nicht genug davon sehen, obwohl am anderen Morgen eine wichtige Prüfung ansteht, die ich, noch immer im Mondlandungsrausch, trotzdem bestehe.

Im April 1972 stirbt Papa. Zwei Monate später schriftliche Abschlussprüfung an der Fachoberschule, direkt danach Hochzeit, nur auf dem Standesamt, weil wir so kurz nach seinem Tod noch nicht feiern wollten. Zwei Tage darauf mündliche Prüfung in Mathe und drei Tage danach für fünfzehn Monate zur Bundeswehr. Kein Wehrdienstverweigerer und daher Verpflichtung zum Grundwehrdienst.

Vor dem Studium noch ein paar Wochen als Möbelpacker für 3,50 DM die Stunde. Stolzer Hausbesitzer mit dreiundzwanzig, fünfzig Quadratmeter in einem winzig kleinen Häuschen im Steinbrunnenweg, verteilt auf 2 Etagen.

1979 zum ersten Mal Papa, ein Mädchen. Zwei Jahre später ist noch ein Junge unterwegs und das Häuschen zu klein. Umzug ins Haus der Schwiegermutter, sie im Erdgeschoss, wir im ersten Stock und Mama im zweiten.

Am 14. August 1986 als Papa von zwei Kindern morgens zur Arbeit und nachmittags als Papa von drei Kindern zurück. Ein kleines Mädchen von sechs Monaten, zunächst nur als Pflegekind, knapp 4 Jahre später endlich unsere Adoptivtochter. Dazwischen über 3 Jahre panische Ängste, das Kind wieder in schlimme Hände zurückgeben zu müssen.

Häuserrenovierung über Jahrzehnte, fast jeden Tag, nur sonntags etwas Ruhe. Zeit für die Familie und für Ausflüge mit Mama im Rollstuhl.

1989 wieder Aufregung um eine Mauer in Berlin, die gleiche wie 1961. Diesmal wird sie abgerissen, und diesmal kann ich die Aufregung darüber verstehen.

11. September 2001. Mit Frau und ältester Tochter in einem Airbus der United Airlines von Frankfurt in die USA, um an der Beerdigung der Nichte teilzunehmen. Kurz vor der Landung in Chicago ein abenteuerlicher Irrflug. Unerklärlich die Landung in Kanada, weil keiner im Flugzeug bis dahin etwas von den schrecklichen Terroranschlägen ahnt.

Nach dem Studium achtunddreißig Jahre im Beruf. Ob´s Berufung war? Eher nicht! Oder doch? Keine Ahnung, mangels Vergleichsmöglichkeiten. Berufung schon eher beim Hobby, dem Schreiben. Schon jede Menge Bücher geschrieben, in den vergangenen sechzehn Jahren, „Angst um Melanie" das erste. Viele über existenzielle und spirituelle Themen. Meine Leidenschaft! Und immer noch viele Ideen außer meiner Autobiografie. Ob ich die alle noch realisieren kann? Mindestens 100 müsste ich dafür werden. Natürlich nur eine Milchmädchenrechnung, so ganz ohne den Wirt da oben, denn er bestimmt, ob und was eventuell noch dazu kommt. Eventuell? Gut, dass man nicht in die Zukunft schauen kann, sondern nur zurück, auf ein stinknormales Leben. Aber wen interessiert das schon?

# NACHWORT

Das waren sie, die Geschichten, die ich für Sie auf die Seite bringen wollte. Ich hoffe sehr, dass Sie Ihnen gefallen und Sie vielleicht auch ein bisschen zum Nachdenken angeregt haben.

Als Schriftsteller möchte man natürlich auch gerne auf seine anderen Werke hinweisen, in der stillen Hoffnung, dass sich auch dafür jemand interessiert. Doch in meinem Fall wäre das bei über 25 Büchern in der Tat des Guten zuviel. Daher will ich mich hier nur auf eine kleine Auswahl beschränken, die mir thematisch zum vorliegenden Buch zu passen scheint. Falls Sie sich darüber hinaus einen Gesamtüberblick verschaffen und gerne in meine Bücher mal reinlesen möchten, dann empfehle ich Ihnen meine Autorenseite auf Amazon.de. Geben Sie dort im Suchfeld einfach meinen Vor- und Nachnamen ein. Ein paar E-Books gibt es übrigens auch zum kostenlosen Download. Besonders empfehlen möchte ich Ihnen hierfür „Josefs Hütte". Zu dieser Geschichte finden Sie ebenfalls eine Kurzdarstellung auf der letzten Buchseite.

# WEITERE VERÖFFENTLICHUNGEN

## Ein Hauch von Wehmut
Verlag CreateSpace Independent
Publishing Platform

Ein Hauch von Wehmut zieht sich wie ein roter Faden durch die Geschichten in diesem Buch. In einer Zeitreise zurück in die Vergangenheit, auf die der Autor seine Leser einlädt, werden Erinnerungen an Schönes und Heiteres, aber auch an Trauriges und Schmerzhaftes geschildert. Elf Geschichten mit Herz, die zum Innehalten und Nachdenken über eigene Erlebnisse und Empfindungen anregen und für kurze Zeit Alltagssorgen und Probleme in den Hintergrund drängen wollen.

## Geschichten vom Tod
### und was danach passiert ist

Verlag Books on Demand GmbH

Freund Hein schleicht schon ums Haus, hieß es früher, wenn jemand im Sterben lag. Heute spricht niemand mehr gerne vom Tod, schon gar nicht vom Tod als Freund. Die meisten von uns verdrängen lieber das unausweichliche Schicksal, das uns alle ausnahmslos einmal ereilen wird. Den Tod umgibt etwas Mysteriöses und Geheimnisvolles. Ob nach dem Tod alles aus ist oder ob es nicht doch ein Jenseits und ein Leben nach dem Tod gibt, darüber gehen die Meinungen weit auseinander.

In zwölf spannenden und berührenden Geschichten versucht der Autor, den Schleier, mit dem sich der Tod umgibt, ein wenig zu lüften.

**Geh den Weg zu Ende**

Verlag CreateSpace Independent
Publishing Platform

Ein Mann lässt bei einem Spaziergang in trister
Novemberatmosphäre sein bisheriges Leben Revue passieren, dem er aufgrund von vielfältigen
Problemen und Belastungen nur wenig abgewinnen kann. Dabei wird er von einem Auto erfasst
und findet sich plötzlich im Jenseits wieder. Seine
phantastischen Erlebnisse in einer völlig anderen
Dimension lassen ihn sein Schicksal daraufhin in
einem anderen Licht erscheinen.

## Jenseits in Eden
Verlag Books on Demand GmbH

Ein Mann hat seinen gut bezahlten Job aufgrund von Alkohol- und Geldproblemen verloren. Zudem steht ihm ein Prozess wegen Korruption bevor, der seine berufliche Zukunft endgültig zu zerstören droht. Die Schuld an dieser tragischen Entwicklung gibt er seiner Frau, die ihn mit anderen Männern betrogen hat. Er beschließt, sich an ihr zu rächen und lauert ihr mit einem Wagen auf, um sie zu überfahren. Doch in letzter Sekunde reißt er das Steuer des Wagens herum, worauf dieser sich überschlägt und eine steile Böschung hinabstürzt. Was danach passiert, lässt sich mit Worten kaum beschreiben.

## Nebel auf dem Weg

### Verlag Books on Demand GmbH

Der ehemalige Architekt Christian Stein steckt seit Jahren in einer schweren Lebenskrise, ausgelöst durch den Tod seines Sohnes, der ihn völlig aus der Bahn warf und beruflich scheitern ließ. Zudem wurde seine Frau Opfer eines mysteriösen Verkehrsunfalls, an dem er sich mitschuldig fühlt. Auch der Kontakt zu seiner Tochter ist seit längerer Zeit abgebrochen. Verzweifelt sucht er nach einem Ausweg, um seiner Einsamkeit zu entrinnen. Bei einem Abendspaziergang führt ihn sein Weg an einer alten Fachwerkbrücke vorbei, die für ihn in Kindertagen Abenteuerspielplatz für waghalsige Kletterpartien und später heimlicher Treffpunkt mit seiner Jugendliebe war. Wehmütigen Erinnerungen an längst vergangene Zeiten folgend klettert er noch einmal die Brücke hinauf. Dies löst ein außergewöhnliches Erlebnis für ihn aus.

## Geisterpost

Verlag Books on Demand GmbH

Eine spannende Geschichte aus den fünfziger Jahren, zur Zeit der wirtschaftlichen Angliederung des Saarlandes an Frankreich.

Eine Frau in den mittleren Jahren kann nach dem Tod ihres Mannes von der kleinen Witwenrente alleine nicht leben. Seine Lebensversicherung, die er zu ihren Gunsten abgeschlossen hatte, wurde ein paar Jahre vor seinem Tod gekündigt, doch das ausgezahlte Geld ist spurlos verschwunden. Sie nimmt daher eine Arbeit in einem Waisenhaus an und schließt dort ein kleines Mädchen in ihr Herz. Doch haben ihre Bemühungen, das Kind bei sich zu Hause aufnehmen, auch Erfolg?

Auf unerklärliche Weise tauchen nach einiger Zeit Briefe ihres verstorbenen Mannes auf, in denen er ihr ein dunkles Geheimnis verrät. Die Briefe sind echt und wurden erst nach seinem Tod verfasst, aber kann der Geist eines Verstorbenen tatsächlich noch Briefe schreiben? Entsprechen seine Angaben auch der Wahrheit und von wem wurde ihr die Post übermittelt? Viele Fragen, auf die sie verzweifelt eine Antwort zu finden versucht.

## Josefs Hütte

Verlag Books on Demand GmbH

zum kostenlosen Download auf allen Buchportalen im Internet

Maria Behrmann, Leiterin der Forschungs- und Entwicklungsabteilung eines großen Unternehmens, gerät eines Tages in einem Park mit einem fremden Mann in Streit und ergreift, von seinem Benehmen völlig entnervt, schließlich die Flucht vor ihm. Doch am nächsten Abend steht der Fremde plötzlich vor ihrer Wohnungstür. Eine Begegnung, die ihr bisheriges Leben völlig verändern wird.